JN025666

人類堆肥化計画

東 千茅
Azuma Chigaya

創元社

はじめに

わたしの生きる目的は、ただ悦(よろこ)びを得ることだけにある。

人間の生は他の多くの生き物の存在を前提しており、とすれば当然、人間のあらゆる悦びにも生き物たちは深く食い込んでいると言える。にもかかわらず、現在の人間の振舞いは生き物たちを絶滅に追い込みつつあり、まるで自ら悦びを放棄しているかのようだ。

強欲なわたしは、多種の息づく里山*に移り住み、堆肥をせっせと作りつづけてきた。堆肥とは、人間が積んだ刈り草や落ち葉を小動物や微生物たちが寄ってたかって分解したものであり、野菜を含む植物たちの糧になるものである。里山がそうであるように、その中にある堆肥も人間と自然の合作なのだ。

わたしはあくまで貪欲なのであって、禁欲や清貧の立場から堆肥を語るのではない。人間ならざる者たちと共に生きることがかけがえのない悦びであるために、人間と異種たちの結節点である堆肥を取り上げたいのである。

この本でわたしは、多くの生き物たちとの友愛を語ったり、かと思えば、加虐の悦びを語ったりもする。これらは同じ里山でくり広げられている二つの事柄だ。両者はつながっており分離しがたいものであるし、またこの二つだけではない。堆肥がさまざまな亡骸の折り重なったものであるように、里山も、わたし個人も、何層もの営みや感情によって構成されている。さらに、堆肥盛りの底のどす黒い部分こそがよく生命を育むように、人間の腐った性根が里山には重要なのだとわたしは主張したい。つまり、ふつう里山に想定されがちな禁欲や善行ではなく、貪欲や悪行によってこそ、人間も多種の入り乱れるお祭り騒ぎに参加できるということである。

わたしの見立てでは、人類はおしなべて腐っている。だが、現状の道徳的腐敗は生物学的腐敗に反している。あるいは、腐敗が足りていないと言うこともできる。いずれにせよ、わたしたちは堆肥に向かって腐っていかなければならない。人間（人の間）ではなく堆肥になってこそ、異種たちと共にあることができるのだから。

人類を堆肥化して多種混淆（こんこう）の沃野（よくや）を形成すること——それが人類堆肥化計画の趣旨であ

る。生き物たちの蠢く堆肥盛りに飛び込んでみよう。うまくいけば、生きながらにこの上ない悦びを摑みとることができるはずだ。

*

本書は、次のように構成されている。

第一章では、さっそく腐臭を撒き散らす。自分がどれだけ腐っているか、腐敗が高じて行きついた先の里山もどれだけ腐っているかを示すとともに、里山や生き物を清いものとする言説を批判する。また、存在するということの冗談みたいな只事でなさ、生きているということの尊さと悪辣さを確認する。臭いものの蓋をあえて全開するのは、腐敗を避けては堆肥になりようがないからである。

第二章では、腐敗を方向づけ、推進する。腐敗の先にある堆肥とはいったい何なのかを考えながら、わたしが生活の中でどう堆肥とつきあい、わたし自身がどう堆肥になりつつあるかを明らかにする。あわせて、人間の腐敗の現状を見ながら、堆肥になるための腐敗とはどのようなものであるべきかを検討する。

第三章では、わたしの生い立ちや里山に移り住んだ経緯を述べる。あらためて自分の人生を振り返ってみると、そこには自分だと思いたくないような、反抗的で、身勝手で、向こう見ずで、鼻持ちならない、運のいいクズが現れた。恥を忍んで書いたのは、一人の腐った人間を俎上に載せ、その腐敗過程を観察するためである。

第四章では、いよいよ生きながらに堆肥となる。人間社会から堕落したわたしが、それゆえに多種の網の目に絡めとられていく様を描き、堆肥として生きることがどれだけ愉しいものか、さらに今後どのように生きていくかを述べる。また、ある小説中の堆肥的な登場人物を見本に、さまざまな他の作品も巻き込みながら、堆肥になるコツと注意点を提示する。そして最後に、存在するということ、生きるということをふたたび取り上げ、「闇」をかざす。

その他、各章の間に挿入される春夏秋冬についての文章では、それぞれの季節でわたしがどのような里山生活を送っているかを述べる。冗長になることを厭わず書いたのは、里山では、劇的なものであれ地味なものであれ膨大な数の事柄が同時に進行し、複雑に絡まり合い、切れ目なく続いているからである。聞こえのいい物語だけを切り取ることは、本書の批判するところであり、腐敗者のすることではないと判断した。

* わたしは里山を、里（人間）と山（非人間）の混淆地帯、両者による合作であると解している。つまり、人間の生活と密接な山林だけでなく周辺の田畠もその中に含む。「里山」という語は曖昧であり、それゆえに「ふるさと」幻想と結びついて原風景の捏造に利用されるといった多くの問題を孕んでいる。実際の里山と呼ばれる地帯にも、植生の単純化や生物多様性の減退や環境破壊や人口減少といった多くの問題が山積している。それにもかかわらずわたしが「里山」を積極的に用いるのは、里山＝問題の山の只中で固定化されたイメージに抗いつつ、多種協働による動的な里山を生きたいからである。なお、里山については、『里山学のすすめ〈文化としての自然〉再生にむけて』（丸山徳次他、昭和堂、二〇〇七）、『里山という物語 環境人文学の対話』（結城正美他、勉誠出版、二〇一七）を参照。

目次

第三章

第四章

登場生物

ほなみちゃん

わたしが育て、わたしを育てている稲。「穂波」は人名に用いられることもあるうえに、もともと稲穂が風になびく様を波に例えた言葉であるところから、稲の名前にした。

ひだぎゅう

わたしが育て、わたしを育てている大豆。大豆は、その蛋白質の含有量の多さから「畑の牛肉」と呼ばれることがあると知り、そこから「畑牛」→「火田牛」→「ひだぎゅう」とした。もちろん飛騨牛のパロディーである。

ニック

わたしが育て、わたしを育てている鶏（雄はニクオス、雌はニクメス、雛はニク丸）。これに関しては説明不要だろう。もちろん「肉」が由来だ。

第一章

腐臭を放つ

「大阪から移り住んで田んぼをやっています」などと言うと、あたかも無欲で感心な若者と目されることが多い。こうした反応からもわかるように、里山や農耕は、不当にも清貧とか禁欲といった観念と結び付けられている。最初の頃は訂正しようと思ったこともないではないが、いちいち説明するのは面倒であるし、そう捉えてもらっておいたほうが何かと都合がいいので、さわやかな微笑を浮かべて謙遜しながらそのままにしている。地域社会に紛れ込むうえでも、まず気に入られることが重要だ。

　さいわいわたしは、いかにも害のなさそうな潑剌（はつらつ）とした若者を演じるのがうまく、それが苦にもならないタチなので、特に不便は感じない。若くて真面目で接しやすく体力があるという印象を植え付けられれば、こちらのものだ。人口流出によって慢性的に人手を求め、それでいて余計な波風を欲しない人心を利用しない手はない。もちろん、それはある点で地域社会に利用されることでもある。だが、それと引き換えに各種の便宜に開かれることでもある。仕事を依頼してくれる人も多い。彼らにしてみれば手堅い労働力が手に入るのだし、わたしにしてみれば近場で生活費を稼げるのだから、互いにとって旨みがあるというわけだ。

　わたしは里山生活を開始するべく、二〇一五年に大阪から奈良県宇陀市に越してきた。米と大豆と鶏卵を自給しながら、草刈りや大工手伝いや家庭教師など、肉体労働から頭脳労働までさまざまな仕事をして生活している。また、金にはならないが、里山生活をもとにした雑誌『つち式』を仲間と作ってもいる。[❖1] 今の生活は愉しく、少々金がないことを除いては特に不満はない。願わくは、もう少し賃労働の時間を減らし——つまりは人間社会と関わる時間を減らし、人間以外の生物と接する時間をもっと増やしたいところだが。

❖1　わたしが主宰し、西田有輝、石躍凌摩、豊川聡士、間宮尊と共に作っている。以下はこの雑誌の紹介文。〝「生きる」という、今や比喩表現でしかないこの営みを、あくまで現実的に根柢から生きなおそうとする試み。異種生物たちを利用し、異種生物たちに利用されながら成り立つ人間の生の本然を、より生きるための「生命の弾倉としてのライフマガジン」。〟

わたしが里山生活に向かったのは、より愉しい日々を求めてのことだった。都会での生活はわたしにとって、生きることの迫真性に欠ける不十分なものだった。溢れているのは人間ばかりなうえ、何もかもが間接的で、その分だけ悦びも希釈された。わたしが渇望したのは〈生きることを生きること〉であり、自分の生を完膚なきまでに味わい尽くすことである。「生きる」という言葉自体が「生存」という言葉どおりの意味以外にも比喩的に用いられるように、生きることにはさまざまな階層があるけれども、その基底をなすのはやはり生存という大前提だ。要するに、他の生き物を殺して、文字どおり私腹を肥やすという世にもおぞましい行為に人間の生も支えられている。いくら文化的に飾り立てても——たとえば動植物の遺体を加工して器にきれいに盛り付けたところで、その事実は変わらない。とはいえ、わたしはそうした文化の隠蔽工作を非難したいわけではない。自己保存的に他者を捕食するという「不都合な事実」の修飾に血道をあげる、人間の涙ぐましい努力と成果にはただただ驚嘆するばかりであるし、その高度な粉飾と隠蔽が物語る、背後にある目を覆いたくなるような現実の気配にわたしはぞくぞくする。

結局のところ、わたしたち人間も、わたしたちの食べ物である作物や家畜も、その他のどんな生物も、他者の死を前提している。生は死を養分に成り立つのである。

生はいつも、生の解体がもたらす産物なのだ。生はまず死に依存している。というのも、死が生のために場所を残すからである。次に生は死のあとの腐敗に依存している。というのも腐敗は、新たな存在が絶えずこの世に生まれてくるのに必要な養分を循環させるからだ。[2]

この本でこれから堆肥を語る以上、腐敗は避けて通れない。生物学的腐敗にせよ道徳的腐敗にせよ、腐敗は世人の忌避するところだろう。人の好まぬものをあえて陳列することがわたしは大好きだ。だが、腐敗についての忌避感は、恍惚の予感の裏返しだとわたしは踏んでいる。ちょうど、我を失くしてしまうような悦びに対して、わたしたちが恐怖しつつも魅惑されているように。

❖2　ジョルジュ・バタイユ『エロティシズム』酒井健訳（ちくま学芸文庫、二〇〇四）八八頁

腐敗の先の里山生活

自分がいかに道徳的に腐っているかを主張するのは可笑しな話である。けれども、里山生活に付随する質素なイメージを払拭するためには是非ともしなければならないことだろう。

わたしは里山に移り住む以前から、何よりも自分の悦びを優先してきたし、その最大化のためなら平気で他人を利用したり裏切ったりしてきた。我慢することはつねに耐えがたい苦痛であったし、自分の道行きが誰かに遮られようものなら関係の破壊も辞さなかった。おまけに、その破壊を愉しんですらいた。もっと大きくもっと深い悦びを求めた先に、里山があっただけだ。

いったい、世間で一般に贅沢とされるものなど高が知れている。つまるところ、それらはすべて人間社会というきわめて限られた範囲内での根拠薄弱な奢侈（しゃし）にすぎず、そんなもので満足な悦びを感じられるほど、わたしは社会への信仰心を持てなかった。真木悠介（見田宗介）はいみじくも述べる――「富や権力や栄光といったものへの執着を欲求の肥大としてではなく、欲求のまずしさとしてとらえること」。[3]

わたしはあくまで十全に生きたかった。換言すれば、生の基底からその悦びの全部を味わい尽くしたかった。したがって、人間よりも異種たちの存在のほうが重視された。自分の手で動植物を殺して食べるということはどうしても外せない要件だったし、そうすることで、より濃縮された悦びを直接的に我が物にできると考えたのである。もっとも、その条件を満たすならば、農耕ではなく狩猟採集も考えられた。しかし、現代日本において現実的なのは農耕であり、さらにわたしの主食はながらく米であったので、稲作ができる里山地域を選んだのだ。

こうしてわたしは農耕民になった。すると、農耕には狩猟採集にない悦びがあった。農耕の特徴を一言でいえば、作物や家畜との関係の濃厚さだろう。狩猟採集民は動植物を直

[3] 真木悠介『気流の鳴る音 交響するコミューン』（ちくま学芸文庫、二〇〇三）三五頁

接育てはしない。対する農耕民は、彼らをまず育ててから食べる。[4]殺すために育てるといってもいい。「かわいい」と「うまそう」という一見両立しない感情が同居する農耕の悪趣味性は刺激的だ。たとえば、わたしは稲の養育者であり捕食者である。目をかけて大事に育てた挙句に食べるのだ。その背徳感によって、おいしさはいや増す。これは、稲だろうが鶏だろうが変わりない。

　農耕が軸となり形成される里山も、人間の腐敗が結果的に作りだしたものだといえる。農地の開拓および維持のための樹木伐採や草刈りは明らかな殺戮行為であるし、日本人の主食である稲のための水田に至っては陸地を湿地に変えるという激甚な環境改変である。生物の殺害や土地への介入は、いつもわたしを昂奮させてくれる。しかも里山に適応した生物は、わたしの狼藉にもかかわらずくりかえし旺盛に湧いてくるので、わたしはくりかえし暴行をくわえることができる。こうした横暴の反復は都会では望むべくもないことだろう。

　わたしは、ただ自分自身の悦びのためだけに里山で農耕をはじめたのだった。しかしその腐敗にもかかわらず、否、まさに腐敗ゆえに、作物や家畜や里山生物群にわたしは利用されている。腐敗の先で、わたしは生命を奪いつつも、堆肥よろしく生命を育んでもいる。土に向かう道徳的腐敗こそ、腐敗の名にふさわしいというものだ。

❖4 農耕民と狩猟採集民の違いについては、かつてインドネシアの農耕民の研究をし、現在は狩猟民プナンの研究をしている人類学者の奥野克巳の発言〔東千茅×奥野克巳×石倉敏明「生命の〈からまりあい〉に生きる」『追肥 〇一』(『つち式 二〇一七』第二刷付録 二〇一九)一三―五二頁〕を参照。

腐っている里山

都会を離れて里山で農耕生活を営むというストーリーは、仙人や世捨て人や遁世（とんせい）や超俗といったイメージと結びつけて語られやすい。だが、人間が少ないからといって仙郷のように考えるのは里山を見誤っている。わたしは人間が腐っているからこそ里山に向かったのであるし、わたしが向かった先の里山自体もまた腐っているのだ。

里山は、超俗などでは断じてなく、むしろ「チョー俗」だというべきである。そもそも生き物たちはみな我欲の塊なのであって、里山には人間が少ない分、煩悩まみれの生物たちがうじゃうじゃいる。しかも、作物や家畜はもとより、里山生物たちは人間の所業（しょぎょう）を利用して生きている。

作物や家畜は古くから人間と共生してきた。共生とは、一般にこの語から想起されるような、相手を思いやる仲睦まじい平和的な関係ではなく、それぞれが自分勝手に生きようとして遭遇し、場当たり的に生じた相互依存関係だといえるだろう。作物や家畜が人間なしで生きられないように、人間もまた彼らなしでは生きられない。共生とは癒着といいかえてもいいだろう。

わたしは主要栄養素の自給のために稲・大豆・鶏を中心に飼っているが、その目的につけこんで彼らもわたしを利用して生存している。もちろん、わたしは彼らを食べるのでその個体は死ぬ。しかし、彼らをくりかえし食べるためにわたしは彼らの子孫を大切に育てつづけるのである。自分を食べさせてまで子孫繁栄を図る執念には、考えてみれば、どこか不気味ささえ感じられる。

人間が行う草刈りもまんまと利用されている。草刈りは、人間側からすれば景観保護や土手の損傷有無の確認といった目的でするものだ。けれどもそれは、その土地における植物相の初期化に近く、植物たちにしてみれば競争のやりなおしの機会を得ることでもある。たとえばリンドウは典型的な里山植物といえるだろう。彼らは背が低く可憐な形(なり)をしているから、他の草が高く生い茂る場所では生きられない。つまり定期的な草刈りは図らずも、強健な種が覇権を握るのを防ぎ、背丈の低い比較的脆弱な植物にも生息場所を与えていることになる。おまけに、リンドウなどはいかにも人間が愛でやすい花を持つため、花期には、わたしはわざわざ彼らを避けて草を刈るほどだ。

田んぼにも目を向けてみよう。わたしがもともと陸地であったところに水を張って湿地に変えるという暴力を揮うのは、主食であり共生相手である稲のためだ。この際、稲がわたしを利用するのは当然だとしても、わたしが稲のために用意した水田には、水草や水生昆虫やオタマジャクシやアカハライモリたちも棲みつく。早い話が、フリーライダーたちである。タダ乗りした挙句、ただ生きている。その平然と貪欲に生きる姿を見れば、タダ乗りされたからといって怒る気にもならない。彼らは、わたしが作った水田であることなど一顧だにせず、ただ近場に湿地があったのでそこを棲処にし、ただただ食欲と排泄欲を満たしているのである。彼らの厚顔無恥はいっそ清々しいくらいだ。

それにしても、人間ほど大規模に環境に働きかける生物もいない。その暴力性は機械を使う以前でも大きすぎるくらいだ。だが、その大幅な環境改変にすら適応し、あまつさえそれを利用する里山生物のしなやかさと厚かましさには舌を巻く。もちろん、人間の私利私欲に駆られた行動がすべて里山を富ますわけではないし、以上に挙げた例においても不利益を被る者たちは当然いる。しかし人為が、その結果として殺す量よりも生かす量のほうが多いとき――いいかえれば、それが生物多様性を向上しうる程度と仕方で為されるならば、腐った者たちとのふしだらな宴会をむしろ盛り上げることができる。こうしてわたしは、貪欲な生物たちをこの手で殺し、貪って生きているのである。

里山は都会よりよっぽど不埒だといえるだろう。里山を牧歌的なおとぎの国かなにかだと勘違いしている連中は、己の欲のまずしさを抱きしめて出家でもしておくがいい。里山は、歪で禍々しい不定形の怪物なのだ。食い物にされているわたしは里山の胃袋の中にいる。

氷砂糖も欲しがる

　前節までで、人間社会の奢侈への執着や人間ばかりが蔓延する都市を「欲求のまずしさ」として捉え、それに対して、一般に長閑（のどか）や禁欲や清貧や超俗といった観念に結びつけられている里山を、人間を含む貪欲な多種たちの賑やかな吹き溜まりとして捉えなおした。しかし、だからといって里山において人–間[5]の価値が消失するわけではない。それは、生命現象に裏打ちされた多種間の切実な悦びにくらべれば些細なものではあっても、悦びであることに違いはない。里山は人間をも抱き込むのであり、したがって、人間は里山においてあれもこれもを欲しがることができる。

　しかし、都市を多欲、里山を寡欲とする言説は、当の里山生活者によっても流布されてきた。第一節「腐臭を放つ」で触れたように、一方でわたしはそうした通念を地域社会に紛れ込むうえで利用してはいるものの、その弊害は利用価値をはるかに上回るから、ここで明確に反意を示しておきたい。

たとえば『野の道』という本がある。著者の山尾三省（やまおさんせい）は屋久島に移り住んで里山生活をおくった人物である。この本で彼は自身の田畠やその周りの山を「野」と呼び、宮沢賢治と自身の道行きを重ねて随想を綴っている。

その冒頭は宮沢賢治の引用からはじまる。

わたしたちは、氷砂糖をほしいくらゐもたないでも、きれいにすきとほつた風を食べ、桃いろのうつくしい朝の日光をのむことができます。

またわたくしは、はたけや森の中で、ひどいぼろぼろのきものが、いちばんすばら

❖5　「人間」という言葉は「人の間」と書くように、もともとはこの世や世間や俗世を意味し、のちに人そのものを指すようになったという。しかし、その原義からして異種との関係よりも人との関係を重視する感覚が窺えるし、ましてそれを人そのものと捉えることには、この言葉によって人間重視の感覚の散布と定着がなされたと見てもいいだろう。本書では、人間が人の間にいることや、人の間にいる人間というニュアンスをいうとき、「人-間」と表記する。

しいびらうどや羅紗(らしゃ)や、宝石いりのきものに、かはつてゐるのをたびたび見ました。
わたくしは、さういふきれいなたべものやきものをすきです。❖6

山尾三省は、はじめにこの第一段落に注目し、宮沢賢治の「野の人」性を称揚したあとで、第二段落――ぼろぼろの着物をビロードやラシャや宝石入りの着物として幻視するところに拭いがたい都市的な「修羅」性を見出し、なかば憐れむように書いている。すなわち、生き物たちが渾然と溶け合う場（春）への志向と、渾然一体とした場から自身の欲望に衝かれて離反してしまうこと（修羅）の悲しみとが、宮沢賢治という一個の人物の中で葛藤しているという。❖7

このようにしてはじまり、随所に里山生活の模様を織り込みつつ、宮沢賢治とともに「野の道」を進んでゆく。山尾三省は、自身の修羅を抑えて野の人として生きていこうとし、時代も文明も社会も野に向かうべきであると考える。

ここ、野の道には、きれいな空気と美しい太陽がある。息苦しいほどに濃密な新緑の照葉樹林がある。透明な谷川が流れている。ウグイスが啼き、メジロが啼き、サンコウ鳥が啼く。これらすべては無為の内に与えられる。
けれどもかしこには、氷砂糖の世界がある。商品がある。商品から核兵器まではわずか一歩の距離である。大変極端な言い方であるが、今私達は、全地球的な規模で共に野に立ってきれいにすきとおった風をたべ、桃色のうつくしい朝の日光をのむ方向での生活を選ぶか、氷砂糖＝商品＝原発＝核兵器へと進む方向での不毛の有為の生活を選ぶかの、岐れ路に立っている。❖8

野に向かうべきであるという主張自体にわたしは大筋で同意するものの、彼の話の仕方

❖6 山尾三省『新版 野の道 宮沢賢治という夢を歩く』（野草社、二〇一八）一二頁

❖7 さすがに第二段落の解釈については深読みしすぎていると思われる。「ひどいぼろぼろのきものが、いちばんすばらしいびろうどや羅紗や、宝石いりのきものに、かはつてゐるのをたびたび見ました」というのは、氷砂糖のような「贅沢品」への志向を告白しているのではなく、単にぼろぼろの野良着が「いちばんすばらしい」と言いたいだけだろう。

❖8 同（野草社、二〇一八）二〇―二一頁

には大いに反論したい。

第一、山尾三省の自然描写は衒いのないものだけれども、どこか異種たちを清いものとして美化しすぎているきらいがある。それは宮沢賢治も同じだろう。もっとも、いたずらに生き物たちを悪辣なものと捉える必要はないかもしれないが、彼らのことは欲が多いか少ないかでいえば多いというべきであり、彼らを聖化し理想を投影するのはまったくもっておめでたい思想だと言わねばならない。野に生活する者ですら、しばしば生き物たちそのものを見てはいないということだ。清さなど、つねに人間の想像の産物でしかない。ともかく、都市を多欲、里山を寡欲とする言説は、里山のために徹底的に撃たねばならない。

『野の道』は次のように終わっている。

私は、もとより国家を革命して新しい国家を作る思想にはくみさない。すべての人々のリアリティにおいて実際に国家というものの意味がなくなり価値がなくなって、それが自然消滅し、新しい秩序が生まれてくることを待っているだけである。〔中略〕

野にあるものは野でしかない。それで充分である。ここには太陽があり土がある。水があり森がある。風が流れている。大きそうな幸福と小さそうな幸福とを比較して、それが同じ幸福であるからには小さな幸福を肯しとする、慎ましい意識がここにはある。宮沢賢治が、「都人よ　来ってわれらに交れ　世界よ　他意なきわれらを容れよ」と言ったのは、このような場からにほかならない。[9]

山尾三省は、今ある物質主義的な国家がなくなって、「太陽の下、土の上」を重視する新しい秩序の到来することを待ち望んでいる。しかしいったい、都市生活を「大きな幸福」、里山生活を「小さな幸福」と宣伝して、誰が里山に向かうというのか。大きな幸福か小さな幸福――そんなもの、大きな幸福に決まっている。「野」を寡欲＝清貧＝善として打ち出すことは、かえって里山を貶め、人々を遠ざけてさえいる。

それに、「小さな幸福」を礼讃することは、場合によっては危険でもある。「清貧の思想は支配者の思想にすぎない」とは、『分解の哲学』の中の藤原辰史の言葉であるが、[10]なるほど小さな幸福に満足する人間というのは支配者にとって理想的な民衆像にちがいない。

❖9　山尾三省『新版　野の道　宮沢賢治という夢を歩く』（野草社、二〇一八）二四六―二四七頁
❖10　藤原辰史『分解の哲学　腐敗と発酵をめぐる思考』（青土社、二〇一九）六九頁

自らすすんで扱いやすくお行儀のいい民になる必要がどこにあるだろうか。わたしたちはむしろ堕落＝腐敗すべきである。藤原辰史はこうも述べる。

たとえば、ナチスは腐敗 Verderb に対して敏感であった。戦争を遂行できる自給自足国家建設の観点から食物が霜やネズミや害虫に喰われたり、腐ったりすることを、何よりその対策を怠る堕落 Verderb した国民を増やすことを嫌がった。❖11

従順な民草（たみくさ）にならないためにも、そして何より自らの悦びのために、わたしたちはもっと行儀わるく腐らねばならないだろう。

ついでにいえば、山尾三省の言葉遣いも危うい。自然崇拝者の例にもれず彼は、自然と「溶け合う」とか、生物との「一体感」といった言葉を躊躇なく多用する。さらには、瞑想だの修行だの自我の滅却だのと「聖」なるものへの異様な嗜好と肩入れを隠そうとしない。そこに、善と信じて疑わず一体感に溶けていった、かの全体主義の兆候を見るのは意地が悪いだろうか。

堕落や腐敗は罪深いことだ。が、罪深いという自覚は、自らを善と思い込むよりはよっぽどいいだろう。しかも、罪であることは好都合だとわたしは思っている。悪行は善行よりも決まって愉快なのだから。

――だが、そう考えるわたしに反して山尾三省はこうも述べる。

> 私達は誰一人として、この死へ向かう文明において無罪ではない。私達がより広く美しい家に住むことを望み、より豊かな食物を食べることを望み、より高い社会的地位につくことを望み、より多くの生活費を費やすことを望むならば、私達は皆この死の文明に、それとは知らず加担しているのである。
>
> 苦しいことではないか。情けないことではないか。生活すればするほど有罪であるなんて、あまりにもみじめではないか。[❖12]

❖11　藤原辰史『分解の哲学　腐敗と発酵をめぐる思考』（青土社、二〇一九）六五―六六頁

❖12　山尾三省『新版　野の道　宮沢賢治という夢を歩く』（野草社、二〇一八）二三七頁

そもそもどんな生も、他者を殺すことでしか成り立たない以上、おしなべて有罪ではないか。たしかに、留まることをしらない資本主義の進展と拡大によって、罪を犯す余地さえなくなるのは事実である。しかしそれに加担することは、有罪であるというより、むしろくりかえし罪を犯す機会をなくしてしまう禁欲的な行動だといえる。ただ、現に資本主義がこれだけ蔓延(はびこ)っているのは、それ以上の魅力的な生き方をわたしたちが見つけられていないからである。とすれば、その原因の一端を、他ならぬ「小さな幸福」論者は担っていることになる。だいたい、冒頭の宮沢賢治の言からも鼻持ちならない清貧の思想が臭い立つ。氷砂糖も欲しがればいいではないか。

——とはいいつつ、宮沢賢治の言葉は、その鼻持ちならない禁欲趣味はともかく、ラディカルに「大きな幸福」を示してもいる。「わたしたちは、氷砂糖をほしいくらゐもたないでも、きれいにすきとほつた風を食べ、桃いろのうつくしい朝の日光をのむことができます」という彼の心情は、かの悦びの追求者バタイユの思想とも共振するところがあるように思う。バタイユは『至高性』の中で、わたしたちをうっとりさせるようなそれ自体として充足的な悦びを「至高なもの」とし、それは「たとえばごく単純にある春の朝、貧相な街の通りの光景を不思議に一変させる太陽の燦然たる輝きにほかならない」[13]と述べる。つまり、至高なものとして「春の朝の太陽の輝き」を挙げたバタイユと、氷砂糖よりも「桃色のうつくしい朝の日光」を高位に位置付けた宮沢賢治とは、実は悦びの認識において共通しているのである。

貪欲の道と禁欲の道とがその両極において一致することは注目すべき事態だろう。けれどもここでより目を向けるべきは、見田宗介が指摘したとおり、非妥協的に至高なものを追求する人間の行き着いた悦びが、朝の陽光であったことだ。[14]自然や他者を一向に収奪しない悦びを、その最上位に見出したことだ。自然や他者がただ存在していること自体をこの上なく悦べるということは、悦びを追求しながら「持続可能」でもある社会の様態の暗示でもある。

朝の陽光が至高であることにわたしは一応同意する。しかし、至高なものを手にしたか

[13] ジョルジュ・バタイユ『至高性』湯浅博雄他訳（人文書院、一九九〇）一二頁
[14] 見田宗介『定本 見田宗介著作集Ⅰ 現代社会の理論』（岩波書店、二〇一一）一五二頁

らといって、それほど高くはない悦びがいらなくなるということはない。なるほど氷砂糖を持っていなくても朝陽を堪能することはできる。だが、わたしたちは朝陽を飲みながら買ってきた氷砂糖を頬張ることもできる。山尾三省は「氷砂糖＝商品＝原発＝核兵器」という短絡きわまりない図式を描くけれども、氷砂糖は愉しみ、原発や核兵器は棄てる、ということもわたしたちにはできるはずである。

　山尾三省にしても宮沢賢治にしても、里山を都市に対して高位のものと位置付けてはいた。だが、その尺度は清貧や善といったものだった。山尾三省にいたっては、あろうことか里山を「小さな幸福」と見做した。里山の腐敗を遅延させるそうした言動は、刈り払って堆肥盛りに積んでおくべきだろう。

　腐敗者は、氷砂糖も欲しがる。すきとおった風、桃色の朝の日光はもとより、生き物たちも食べ、氷砂糖も食べる。そして、それらを毎日くりかえし貪婪(どんらん)に貪る「大きな幸福」のために——罪を上塗りしてゆく悦びのために、犯行持続可能な里山を罪深い多くの生き物たちと育んでゆく。

一三八億年の蕩尽

今生きている誰もが、気が遠くなるような経過の堆積の上に生きている。

ビッグヒストリー❖15が示すように、今在るものはすべて宇宙一三八億年の結果の一つひとつである。しかも、その時間はただ安穏と刻まれてきたわけではない。ビッグバンにはじ

❖15　ビッグヒストリーは、デイヴィッド・クリスチャンが主唱する、宇宙誕生から人間の歴史、そして宇宙の終焉までを見晴るかす壮大な視点の学問である。ビッグバンから一連なりのものとして人間の存在を捉えることは、人類史のみを扱っている場合とは異なる視野をわたしたちに与えてくれる。
　ちなみに、わたしがビッグヒストリーの存在を知ったのは、ビッグヒストリアンである辻村伸雄さんとの出会いに負っている。また、知り合って間もなく、彼と運動を共にする片山博文さんも交え、トークイベントを開催できたことはほんとうに良い思い出である（「宇宙の宴としての里山生活——「現代民話」と「現代神話」の交響」於 本屋B&B二〇一九年四月六日）。お二人には心から感謝したい。

まり、恒星や銀河の誕生、さまざまな元素の誕生、地球の誕生、生命の誕生や進化といった、ありそうもない物事の連なりがわたしたちを結果的に生み出したのだ。❖16

太陽の光、雲の往き交い、吹きぬける風の匂い、鳥たちのさえずり、花たちの色彩、木々のざわめき、友人たちとの馬鹿騒ぎ、恋人の微笑み、星々の煌めき、そして、それらと共にある自分という存在――この世のありとあらゆるものに一三八億年が詰まっているのである。

あらゆるものに一三八億年が詰まっている、というのは大袈裟に響くかもしれない。だが、宇宙の中に存在するわたしたちに、宇宙とのつながりはないと言うほうが無理な話だろう。宇宙の長大な時間と夥(おびただ)しい出来事の積み重なりを、ひとつながりの歴史として捉えるとき、その突端に生きるわたしたちの一瞬の閃光にも似た生がより一層輝きを増すように感じられ、世界は鮮やかに彩色される。

ただ一方で、生まれたことの不可解さも増大する。嘘のような偶然の連なりの結果生まれたわたし――そのことは驚嘆に値するけれども、同時に「なぜわたしなのか」という疑念は付いてまわる。くわえて、生はあらゆる苦しみの素地でもある。それだけなら自死という選択肢が浮上してもおかしくない。ところが、憎いことに、生はあらゆる悦びの素地でもあるのだ。生まれたことは訳がわからないが、生きていなければどんな悦びも感じようがない。かくなる上は、悦びを貪り尽くすだけである。

生命をきちんと生命と捉えることも、悦びの追求者にとって有益だ。

生命の歴史だけをみても、わたしたちはみな四〇億年の結果の一つひとつである。そう思うと、生命を持っているということは只事ではない。今ここに生きているというだけで、あらゆる生物は侵しがたく尊い者たちに見えてくる。しかし、だとすれば、他の生命を殺す他ないわたしたちの生は、同時にとんでもない悪徳としても立ち現れる。つまり、生命をきちんと尊いものと捉えるならば、その尊い存在たちを害するという格別の悦楽も同時に生じるのである。

❖16　デイヴィッド・クリスチャン『オリジン・ストーリー　１３８億年全史』柴田裕之訳（筑摩書房、二〇一九）参照生がそれ自体として悪だという意識ほど、日々を彩るものもない。なにもあえて殺害行為を行わなくとも、わたしたちは生きるだけで大小さまざまな殺害を避けられないのであって、悪の自覚は、日常のありふれた物事でさえ悦びに溢れたものにしてくれる。

たとえば料理は、殺された動植物を切り刻んで煮たり焼いたりした挙句に皿に盛りつける行為であるし、その動植物の死骸を友人や家族と談笑しながら食べること、あまつさえその写真を嬉々としてSNSに投稿することは背徳の極みである。また、庭の草取りは大量殺戮に他ならないし、わたしたちの家は木々の遺体を組み合わせたものである——等々。

生命をきちんと生命と捉えるとき、いかにわたしたちが何の気なしに凶行を働いているかがわかるだろう。思うに、わたしたちは効率的な生のために、ややもすれば生命をモノとして扱う。モノとて存在する以上は尊いのだが、生きている（た）ことを忘れることは格段に罪悪感を軽減する機能なのだろう。

たしかに、対象を尊い者と捉えたうえでの破壊は、背徳感に打ち克つある種の強さが要るから、誰しもに開かれた道ではないかもしれない。しかし、その強さとてほんの少し鍛えさえすればよく、鍛えすぎは考えものだ。むしろ臆しながらのほうがいい。何であれ抵抗があったほうが踏み越える悦びも一入なのだから、背徳感に押し潰されるぎりぎりのところで事を為すのがいいだろう。

存在への畏れとその毀損への誘惑は、もちろん自分自身にも当てはまる。

宇宙規模の紆余曲折の果てに生まれ、個人的な紆余曲折の果てに今のわたしがいるわけだ。にもかかわらず、否、だからこそ、自分の人生を台無しにしてしまいたいという破滅衝動には抗いがたいものがあり、わたしの堕落傾向はここに由来している。積み上げられたものを崩すことはつねに愉快なことだ。

言うまでもなく、わたしが今存在することは、この宇宙の壮大な気まぐれでしかないだろう。であれば、そこでどう生きようが勝手である。だが、あえてそこに大仰な物語を想定することで、それを裏切る巨大な悦びが生まれる。それは、格好としては何も顧慮しないで自堕落に生きる姿と同じであるものの、たとえば先祖代々の相続財産をそうと知りながら一代で食い潰すのにも似た、罪悪感に下支えされ増幅された悦びを得ることなのである。

「積み上げられたものの蕩尽（とうじん）」を狭い意味で実行するならば、それは社会からの堕落＝腐敗ということになるだろう。その点において社会規範や道徳の存在は役に立つ。社会規範や道徳といったものは、人間が互いに傷つけ合うことなく生きられる社会の維持のためには重要なものかもしれないが、それらは容易に支配者の道具になりさがることも指摘しておきたい。遵法者（じゅんぽうしゃ）が増えれば増えるほど、その社会が管理しやすくなるのは当然のことだ。とはいえ、規範や道徳は維持されて一向に構わない。むしろ必要である。あってもらわなければ、堕落する愉しみもなくなってしまうのだから。

わたしが生まれたことは、まったくふざけた話である。ならばこちらも徹底的にふざけたおすまでだ。端から冗談みたいな生なら、笑える冗談にしてやる。

この、悦びと苦しみに溢れた光彩陸離たる世界で、日々いくつもの一三八億年を蕩尽してわたしは生きていくつもりだ。それがこの壮大な冗談の醍醐味でもあるだろう。

春

春はほろ苦い。菜の花や山菜たちの苦味のせいだけではない。春の容赦ない温もりの中では、冷たくねじくれた自分の性根が氷解してしまうように感じられるからだ。つねづね世界に一泡吹かせてやろうと企んでいるにもかかわらず、見え透いた甘い罠にまんまと掛かり、苦笑いしながら浮き立つ心を隠している。毎年くりかえす茶番だ。

外へ出るとビシャコ（ヒサカキ）の花のいかがわしい匂いに混じって、梅や柊南天（ひいらぎなんてん）の甘い匂いが漂う。馬酔木（あせび）や雪柳やレンギョウの花も咲きこぼれ、木々の新芽も萌し、桜の蕾も膨らんできている。畠（はたけ）にはハコベ、ホトケノザ、ヒメオドリコソウ、カラスノエンドウ、その他さまざまな草たちが茂り、春の陽気に誘われ這い出したカナヘビやアマガエルの姿も見つけられる。そこに紛れてニンニクやソラマメがだいぶと伸び、大根は薹（とう）を立てだした。わが畠は野原と遜色ない。物欲しそうにしているニックたちを放ち、その横でジャガイモを植えた。

この辺りでは彼岸頃にジャガイモを植える習わしだ。関西の一般地に比べれば遅いけれども、標高の高い内陸という土地柄、遅霜に警戒しなければならないのである。種芋は、去年収穫したものから食用とは別に保存しておいたものを使う。大きいものは切り分け、切り口には腐らないように灰を付ける。ジャガイモは三カ月ほどで収穫でき、しかも春と秋で年に二回栽培できる優秀な作物だ。このことから二度芋と呼ばれもする。

ハコベやヒメオドリコソウが旺盛に生えるのは、土が肥えていることを示している。毎年毎年刈り草を敷きつめてきた成果だろう。逆にイネ科の植物やヨモギやスギナは、わたしが草を刈って持ち出している畦（あぜ）に分布しており、彼らが生えるところは痩せている。こうして畠と畦で植生が異なってくる。つまり、一見野原と違わないこの畠は、わたしの策略と、わたしの行動によって利益を得る草たちの策略とが作り出した風景だといえる。ここは仲睦まじい者たちの平穏無事な楽園ではなく、自己保存を旨とする者たちによる狡猾な政治の舞台なのだ。

この複雑な舞台に起こることを完全に予想することはできず、思わぬ危機や好機が到来することも珍しい話ではない。危機に備え、あるいは好機を逃さず摑むために、生物はみな多くの投資をしている。たとえば、木や鉄柵の根際に思わぬ木が育っていることがある。そこは刈払機が及ばない場所だ。もともと生えている木を傷つけたり、刈刃を損傷したりしないためにわたしが手を出さなかったところが、彼らにとっての棲処になったというわけである。そうして気づけばよく生えているクワやエノキやクヌギやシュロやチャノキなどをわたしは都合のよい場所に移植しもするのだが、そうすると今度は植えたことを忘れて刈り飛ばしてしまうこともある。

畑ワサビにまつわる話もある。近所の人が昔ワサビを植えた。しかし植えた場所が家から少し離れており、自身の高齢化も手伝って、大して世話をすることなく年月が経った。同じ理由でその横の竹林も放置されていた。弱った竹が倒れかかり折り重なって格好の日陰を作り、ワサビは繁茂することができた。――人間万事塞翁が馬というけれども、人間に限った話ではない。

三月下旬、ワサビは葉を大きくする前に花を準備している。もう少し待ってから葉と茎を醤油漬けにすれば、ツンとした辛みがあって信じられないくらい旨い。それに先立って蕾を同様に醤油漬けにするのもいいが、それよりもこの時期はツクシを採集するのが日課だ。日当たりのよい野辺に陸続と顔を出した彼らを集めていくのは愉快で、つい採りすぎてしまう。採ったはいいものの袴(はかま)取りが面倒に感じられるときは、ニックたちにやってしまう。彼らはツクシが大好きで、袴ごと食べて問題ないようだ。スギナ自体も好きで（ツクシはスギナの胞子茎）、アブラナ科野菜と並んで彼らが最も好む草である（次点でハコベを好む）。

畠に放されたニックたちは、しきりに何かを追っては啄(ついば)んでいる。おおかた暖かくなって出てきた小さな虫やカエルやトカゲたちだろう。腐植の溜まった地面を掻いてミミズを呑んだりもする。ニクオスは獲物を見つけると、嘴(くちばし)の一撃で動きを止め、「ここに餌(えさ)がある」というように仲間を呼ぶ声を発することがある。聞きつけたニクメスが走っていき、サッと咥えて丸呑みにする。時には、ニクオスが見返りを与えよと言わんばかりに、獲物を咥えたニクメスの首元に噛みついて馬乗りになって交尾する。このように鶏の交尾は、雄から不意打ち的に半ば強引に行われることもあるが、雌のほうも雄に乗られる前に自らしゃがんで構えることがある。ちなみに、鶏には他のほとんどの鳥類同様生殖器がなく、交尾は互いの総排泄腔を合わせることで成立する。要する時間はものの数秒だ。

孵卵器というものがあって、この機械に卵を入れておけば二一日目で雛が孵る。鶏種によっては抱卵本能を失っているものがあり、親が温めないならば人の手で温めるしかない（チャボなどよく抱卵する鶏種に抱かせるという手もある）。わがニクメスたちも一向に抱卵する気配がないので、わたしは今まで何度か孵卵器で雛を孵してきた。鶏は、自分で抱いて孵していない雛を自分の子とは認識できないようで、孵卵器で孵った雛を近くに持っていくと敵対的な態度を見せる。そのため、親に負けないくらいの大きさになるまでわたしが面倒を見なければならないのだが、孵卵器を使う利点もある。

まず、孵卵器が透明であれば卵を割って出てくる瞬間を目撃することができる。孵化直後のヒヨコは、ヒヨコと聞いて想像されるようなかわいらしい容貌ではなく、毛が濡れていてややグロテスクではあるが、それでも、卵が徐々に割れてくる様をハラハラしながら見守ったすえに、彼らが自力で跳び出してくる姿には感動を禁じえない。孵化して一日はそのまま孵卵器の中で過ごさせ、それから一カ月ほどは電球で保温した段ボール箱の中で飼育する。つまり、わたしは一つ屋根の下で彼らと過ごすのだ。ピーピーと幼い鳴き声が響き、段ボールの蓋を開けるとなんとも愛くるしい姿を拝めるので、わたしがたびたび撮影会をするのは言うまでもない。生後一カ月が経てば、段ボールハウスを卒業させて野外に移す。しかし、先にも述べたようにまだ親たちと一緒にするわけにはいかない。そこでわたしは鶏小屋を建て増して雛小屋を併設し、半年ほどは別個に育てることにしている。

鶏小屋は、わたしの三畳の部屋と同じくらいか、ひょっとすると少し広いくらいだ。材料もほとんどヒノキを使っているし、敵に侵入されないために堅牢な作りにしてある。キツネやイタチやアオダイショウや野良ネコ、空からは猛禽類やカラスが虎視眈々と狙っているのだ。ニックたちを飼いはじめた頃には、外に出してやりたくなってよく小屋を開放していたものだが、殺されてしまうことが何度かあってからは、わたしが見ているときしか鶏小屋を開けなくなった。小屋自体も目の細かい金網を張り、下を掘られないように周りに板を埋め込んでもいる。敵にやられないことだけでなく彼らのＱＯＬも大切だから、屋根を高くしたうえで止まり木を上のほうまで設置し、安心して休めるようにしている。

ニックたちの餌もかなり充実しているのではないだろうか。基本的には知り合いの農家からもらってきた小米（こごめ）をつねに小屋の中に置き（生憎わたしは自分の分しか米を作れていない）、ビタミン源としては野菜くずや、それがなければ野草を摘んでくるし、蛋白源としては農作業の合間にイナゴやカエルを大量に集めてくる。そのほか、冬場は豆腐を買ってきたり、シカ肉が手に入ったときは干し肉にして細かく砕いてやったりもする。カルシウム源としての貝殻目当てに、ときどきアサリなどの貝を買うようにもなった。

わたしの田畠では、ジャガイモにしてもニックたちにしても、その他のさまざまな生き物たちにしても、わたしの行いの結果を貪って育つ。そうして彼らを丸々と太らせることで、やがてわたしが彼らを貪ることができるという寸法だ。だからわたしは、関係／奸計（かんけい）うずまく里山で土を肥やしつづける。この手厚い福祉政策のスローガンは、「ゆりかごから胃袋まで」だ。

日に日に春めいて、そのうちに燕（つばめ）が南方から飛来し、桜も満開する。数年前、友人たちと花見をしたことが思い出される。よく晴れ、光溢れる暖かな日和だった。ニクメスを一羽絞めて、肉は焼き鳥に、ガラと足はスープにした。自分で育て、自分で絞めた肉は格別だ。他のニックたちの目の前でこれ見よがしに食えば、背徳感も加わってなお旨い。ところが、手羽先を食っていると彼らはぐいぐい欲しがってきたし、出汁（だし）をとったあとのガラを鶏小屋に放り込むときれいに骨だけになった。鶏は鶏肉も大好きなのだ。それを見ながら、竹を切っただけの杯に桜の花びらを浮かべて酒を飲んだ。

この日は花だけでなく火花も見ることにして、田んぼへ行き、火の玉サッカーを敢行した。ヒノキの皮で作ったボールに火を付けて蹴ると、ボーッと音を立てて転がっていく。「熱っ」と言い合いながら、皆だんだんと思い切りがよくなってくる。たしか靴紐が焼けた者もいた。火の玉が小さくなってきたところで、それを弓道で使う矢の先に付け、灯油を掛けて再燃させ、弓で引いて虚空に向かって放った。火矢は田んぼの上を勢いよく飛んでいった。ひさかたの光のどけき春の日に静心なく火花散るらむ。

そのうちに孟宗竹（もうそうちく）の筍が上がってくる。といっても、年によって早い遅いがあり、四月に入ってすぐに出てくる年もあれば、中旬まで満足に出てこない年もある。山椒の新芽やシャガの花といった、時期を同じくするものに兆候を読みつつ、足繁く竹林に通っては筍の先鋒を待ち構えるのだ。初期に小さな筍が出てきて、少しすれば大きなものが来る。

筍がまだ地表に顔を出していない頃には足裏の感覚で探りあて、顔を見せる頃には当然視覚を用いる。見方にはちょっとしたコツがあって、一点に集中せず広域で地表を見てその中に捕捉するのである。実際、ひとしきり掘ってさあ帰ろうというときにもう一本見つかることがよくある。妙なものだが、帰り際のあの絶妙に散漫な集中具合が筍を探すのにはいいのだろう。探しはじめの一本目もすんなり見つかることが多い。逆に、長く見つからないときなど、見つけようとしてつい視野を狭くして凝視してしまいがちだが、それだと余計に見つからなくなる。探しつつ散漫でいること。最初と最後には自動的にそうなるとして、その状態をいかに持続できるかが鍵である。

筍掘りには唐鍬（とうぐわ）を使ってもいいが、わたしは剣スコップ派だ。筍の先端が向いている方角からスコを挿し込む。なぜなら、大体の筍は水牛の角のように曲がって生えているからで、この方角から挿し込めば角の生え際をうまく切断できる。筍の生え際は、沢山ある白い根ではなく一本の丈夫な根で大元の根とつながっており、それさえ切断すれば簡単に掘り出せる。どのみち下の方は硬くて食べられないのだが、傷つけずに丸ごと掘り上げるのがわたしの流儀だ。

筍を掘るついでに腐葉土も狩ってくる。田畠で堆肥を作ってはいるものの、不足分を山から補うのである。スギなどの常緑針葉樹ではなく、落葉広葉樹の多く植わっている山では、落ち葉が折り重なって分解され、ふかふかした林(りん)床(しょう)に栄養ある腐葉土が作られている。とはいえ、こうした山は少ない。奈良県では戦後に植林されたスギ・ヒノキ山が、木材価格の下落のせいで管理も恢(かい)復(ふく)もされずに放置され、多くの山が荒廃したプランテーションと化している。わが棚田が属する山も例外ではなく、そこで生きる身として看過できない状態であるから、今後二百年をかけて生物多様性を育む取り組みを行ってゆく所存だ（詳しくは「生前堆肥」参照）。

筍と時を同じくして、タラの芽やウドを味わうのもいい。タラノキもウドも昔は家の周りに自生していたそうだが、わたしが来た頃にはなくなっており、園芸店で買った数本の根からせっせと増やしてきた。わたしは山菜が好きで、特にタラの芽の天ぷらをたらふく食べることが密かな夢だった。さいわい彼らは根を伸ばしてその先でも生え、それを根っこごと掘って移植することで無限に増やすことができる。四年かけて、一度に天ぷらにすればもういらないと言えるくらいの量が採れるようになった。

四月下旬にもなれば悠長に構えていられなくなる。草が勢力を増してきて草刈りに追われるようになるし、夏野菜やほなみちゃんの播種（はしゅ）もしなければならない。五月に入れば田んぼの畦塗りにも取り掛かる。田植えは六月に入ってからだが、棚田ということは小さな田んぼが何枚もあるということで、全段を塗るには時間がかかるため早めに始めるのだ。

塗った畦にはひだぎゅうを植えられる。手間がかかるとはいえ、田んぼは稲と大豆を両方栽培できる優れたシステムである。しかも、田んぼが育むのはこの二者だけに限らない。作業をしていると、バッタ類の幼虫やカエルたちに一層よく出くわすようになる。ゆくゆく大きくなった彼らには、わが愛しのニックたちの餌になってもらう。彼らの存在はそのままでも悦ばしいのだが、彼らを食べるニックたちを食べる悦びの予祝としても、わたしには余計に悦ばしいのである。

カラスノエンドウやキンポウゲやハルジオン（ヒメジョオンかもしれない）も花盛りで、山の端々にはヤマフジも堂々と咲き誇っている。薊（あざみ）もぽつぽつ咲きだした。野辺で季節ごとの存在たちを確認するだけでもこの上なく愉しいものである。

さらには、彼らを誰かと一緒に感じればなお愉しい。異種たちに囲まれてあることをわたしは一人でも十分に享楽できるものの、そこに同種である他の人間と共にいることで、その愉しさは不思議と増幅する。同種関係もバカにできないな、などと思ったりする。例えば誰か気の合う人と、アブラムシを食っているテントウムシを眺めたり、枝垂れ桜とおぼしい灌木の葉を揉んで桜餅の匂いを嗅ぎとったり、シシウドとウドの味を生（なま）で齧って比べたり、タラノキの繁殖力に驚いたり、ノカンゾウの球根の形をおもしろがったりするだけでいい。

いくらいても一銭もかからないし、悦びは相乗する。里山は、同種関係の場としてもすばらしい。もちろん人間であれば誰でもいいというわけではないし、それも異種たち在ってのことであるのは言うまでもない。

ある時、畦でヤマカガシがトノサマガエルに齧（かぶ）りついているのに出くわした。わたしが田んぼをすることで結果的に増殖に貢献したところのトノサマガエルが、ニックたち以外の者の餌にもなっていることが嬉しかった。——いとも単純に魅了されている自分にハッとし、何事もなかった風を装って畦塗りをつづけた。

第二章

堆肥へ

腐敗が進んできた。そろそろ堆肥の話をする頃合いだろう。

堆肥とは、刈り草や落ち葉を積んで腐らせた肥料である。堆肥は作物をよく育むから、化学肥料を用いない農耕においては欠かせないものだ。

堆肥制作は、小動物や微生物の働きをアテにしている。人間がいくら有機物をうづたかく積み上げたところで、彼らの存在がなければ堆肥はできあがらない。つまり堆肥を用いる農耕は、人間と作物だけでなく、堆肥を制作する無数の小動物や微生物たち（さらには分解されるさまざまな草や木の葉やその他の者たち）の協働作業ということができる。

くわえて、できあがった堆肥が育むのはなにも作物だけではない。施肥された土地のあらゆる植物に、堆肥は養分として開かれている。そして、その植物たちを食べる多くの動物にもまた開かれているといえるだろう。もちろん、たとえば林床をみれば明らかなように、堆肥化は人間なしでも行われる。要は、有機物の積み重なるところに堆肥あり、堆肥あるところに生命の躍動あり、ということだ。

――ここまでは一般的な意味での堆肥の話だ。しかし、今堆肥を云々するとき、無視できないもう一つの概念がある。それは、ダナ・ハラウェイの「com-post」だ。ハラウェイは「我々はみなコンポスト」[17]であると述べる。それを受けて翻訳者の高橋さきのは、「ポストをcom（ともにする）ようなコンポスト（堆肥）」[18]――つまり、他の生き物たちと地位や持ち場を同じくする存在としての人類、という解釈を提示する。

com-post概念は、ふつう死後のものであるはずの堆肥に、今生きている人間を巻き込む。すなわち、異種たちと共に生きる他ない実相をわたしたち人間に突きつける。もちろんここには、人類による昨今の環境破壊や多種の搾取への反省が含まれている。このcom-post宣言は、思い上がった人類を地に引きずり下ろし、人-間であることを解体し、

❖17　ダナ・ハラウェイ「人新世、資本新世、植民新世、クトゥルー新世 類縁関係をつくる」高橋さきの訳（『現代思想』二〇一七年一二月号）一〇二頁

❖18　同稿、高橋さきのによる訳註を参照。

多種間で〈育てるヒト〉[19]に生育させる、それ自体堆肥的でラディカルな言明であると思う。

いずれにせよ、堆肥とは〈生命に育まれ生命を育むもの〉である。com-post を含む堆肥への意識は、人間を多くの生き物たちへと開く。そのとき、人間は人-間ではなくなって、生活への多種の参与を歓迎するだろう。わたしたちは生物たちへの絶えざる興味を掻き立てられつづけるだろう。とすれば当然、わたしたち人間の心の生活とでもいうべき領域――友情や愛情や思想やフィクションも、人-間だけのものではなくなるだろう。

仮に今、わたしが社会から孤絶しているとしよう。友人も恋人も家族もなく、人里離れたところに逼塞していたとする。あるいはもっと簡単に、無人島にたった一人で流れ着いたと想像してみてもいい。そのような状況で生きようとしたとき、重要なのは、他の人間の存在などではなく、まずもって食糧となる異種たち、それらを育む十全な生態系である。堆肥化が活潑に為されている場があるかどうかである。結局のところ、社会的に孤立無援の状況下でも、異種たちと共にいさえすれば生きうるわけだ。反対に、異種たちの数の限られた無人島に人間が複数人で漂着したところで、生きられる見込みはない。

このような想像は無意味だろうか。しかし逆に、心の中で多種の犇めく無人島に流れ着くたび、わたしは人-間を無意味化して自由になることができる。そして同種であるヒトよりも、異種であるクモやイモリやカラスノエンドウやミミズやウサギやキリギリスやセキレイたちをむしろ自分に近しい者に感じる。我利我利に生きる生物たちが生みだす肥えた土壌だけが、わたしたちの生きうる場所なのだ。人-間など高が知れている。

実際のところ、わたしたちは普段から異種たちに取り囲まれているはずではないか。わたしたち人間は、異種たちなくして片時も生きられないはずではないか。一人でいるときにも、わたしたちの体表や体内には夥しい菌たちが蠢いているはずではないか。

もはや人-間に逼塞している場合ではないだろう。孤絶しているのは人間のほうなのだ。わたしたちは、堆肥を作るcom-postになるべきである。

❖19 逆巻しとね「未来による搾取に抗し、今ここを育むあやとりを学ぶ ダナ・ハラウェイと再生産概念の更新」（『現代思想』二〇一九年一一月号）二一六頁

自己堆肥化願望

堆肥になる――その響きの甘美さは、今日ますます高まっているのかもしれない。人類による甚大な環境改変に鑑み「人新世」と名付けられようとしている時代にあって、せめて死後には環境にいい振舞いをしたいと思うのは無理からぬ人情だろう。二〇一九年五月には米ワシントン州で遺体の堆肥化が合法化されたが、[20]背景には人々の自己堆肥化願望が見てとれる。かくいうわたしも「堆肥になりたい」とつねづね思っている者の一人だ。

そもそも堆肥は、豊穣さの潜勢態として把握される。その黒々とした容貌はのちの稔りを予告しているから、堆肥を多く含む田畠に種子を播くことで、わたしたちは豊作の悦びを先取りすることができる。さらに堆肥は、わたしたち自身の望ましい未来の姿をも予告しているということだ。

わたしの畠の堆肥の素となったのは、かつて栄花を謳歌した者かもしれないし、花も咲かすことなく刈り取られてしまった者かもしれない。なんにせよ、以前の生活の面影もないほどに分解されきり、次なる生命の素となる姿からは、この惑星上で連綿とつづいてきた循環過程における、清々しいまでの容赦のなさが窺える。ここに慈悲などというものはないほうがいいだろう。

堆肥づくりの主語は、いつも複数形でしかありえない。わたしの仕事といえば、刈り草や落ち葉や生ゴミを積むことだけで、それを堆肥にするのは多くの小動物や微生物たちの力である。要するにわたしは、多種の犇めく堆肥制作過程に組み込まれているのであって、そうしてできた堆肥を用いて農耕を営むことすらもまた、次なる堆肥づくりのはじまりなのだ。

わたしは、かつて生きていた者たちの上に立ち、そこに作物の種子を混入し、稔りを貪っている。だが、地上にいるということはそのまま、地球という広大な堆肥盛りの最上

❖20 「人間の遺体の堆肥化法案、ワシントン州で成立　米で初」https://www.cnn.co.jp/usa/35137489.html

層にいるということだ。いずれ跡形もなく解体され、雑多な草たちに養分として吸い上げられるだろう。わたしがわたしでなくなること、そしてさまざまなものになることは、究極の自由といえるだろう。

土と共にある生活は、やがて土になる悦びの予祝の連続だということができ、しかもこの予祝の宴はもちろん、多くの生き物たちとの共催である。この宴の席で、わたしたち里山生物は共に飲み食いしながら、それぞれに酌をしたり殺したりしている。

欣求壌土

わたしが里山においてどのように堆肥とつきあっているかをもう少し詳しく書いておこう。

わたしは川口由一（かわぐちよしかず）の提唱した「自然農」を雑に採用しているのだが、自然農では、堆肥を別で作り作物に施すという一般的な方法をとらない。

ただし、わたしは自分のやり方を自然農とは言いたくない。そもそも正規の指導を受けたこともなければ、自然農の教えに忠実なわけでもない。あくまで雑に、基本的な部分を参考にしているだけだ。自分のやり方を、ここでは仮に「不耕起積草農法（ふこうきせきそうのうほう）」とでも言っておこう。

さて、文字どおり不耕起積草農法では、耕さずに草を積む。つまり、最初に作った畝（うね）を半永久的に使い、その上に刈り草を幾重にも積んで全域を堆肥化する。いいかえれば、野菜を植える箇所以外にも広く施肥する、ということになる。その点で、この農法はより多くの者を育む仕方である。

――と、こう書けば、自然農にまとわりつく牧歌的なイメージに差し障るものではないだろう。しかし、多くの者を育むことだけをいうのは、同じくらい重要で「不都合な」もう半分の側面を隠蔽しているのと変わらない。

そもそも、育むことと殺すことは分離できないはずである。たとえば、鶏のための餌は生きている（た）さまざまな者たちであり、野菜のための堆肥を作るには多くの遺体が必要だ。また、草を刈ったり虫を殺したりしてその場に放置したとしても、微生物や動物の餌になる。何者かを育むには何者かを殺さねばならない。何者かを殺せば何者かを育むことになる。つまり、育むことは殺すことでもある以上、田畠全域を堆肥化する不耕起積草農法は、より多くの者を育み、より多くの者を殺す方法であるといえる。

ところで、肥料には化学肥料もあるが、わたしはほとんど堆肥のみを用いる。化学肥料は作物を育てることだけに照準しているからおもしろくない。第一、工場でもなければ自分で作れない。

堆肥と化学肥料は、主要な成分として窒素、リン酸、カリを含むという点では同じである。しかし、その制作過程は大きく異なる。堆肥が、小動物や微生物の分解力によって作られるのに対し、化学肥料は化学的に合成して作られる。つまり、堆肥制作における腐敗過程は、化学肥料制作においてはない。

化学肥料によって、収量の増産、ひいては多くの人口を糊することが可能になっていることは事実だ。けれども化学肥料の濫用が、土中の生物相の貧困、それにともなう病害虫の増加や栄養価の低下を招いていることもまた事実である。[❖21]

しばしば化学肥料は、耕起や殺虫剤・除草剤散布や単一作物栽培とセットで用いられるが、それらが複合的に土壌の質と量をともに減退させてもいる。つまり化学農耕は、一時的に多くの人々を養いはするものの、その代償として恢復に長い年月を要する損失を土壌

❖21 デイビッド・モンゴメリー他『土と内臓 微生物がつくる世界』片岡夏実訳（築地書館、二〇一六）参照

に負わせるものでもある。

さらに、化学農耕は多種の排除に結び付きやすい。なぜなら、化学肥料を用いるとき、土に「汚い」微生物や小動物たちによる分解＝腐敗作用が必要ないからだ。そうすると、土にはせいぜい水分保持の役目しかなくなる。つまり水槽で代替しうる。事実、培養液（液体化学肥料入りの水）を用いた水耕栽培は普及しているし、より閉鎖的にビルの中で野菜を栽培する試みも増えてきている。植物工場では、光や温度や湿度が最適に保たれ、土を使わないため病原菌や害虫の心配もなく安全でクリーンな野菜を高速安定生産できるという。

こうした閉鎖的な農耕にわたしは惹かれない。化学農耕に対して堆肥農耕がおもしろいのは、多くの者たちとの合作である点だ。

堆肥を用いる農耕は、微生物をはじめとした土壌生物たちを前提している。そして、当然ながら彼らによく働いてもらうためには餌を撒かなければならない。つまり、作物の餌となる堆肥を作るためには、まず土壌生物たちに餌をやらなければならない。堆肥盛りは、「汚い」者たちの餌の山なのだ。堆肥は、たとえ作物を作ることだけに照準して用いられたとしても、作物以外の多種を否応なく育む。

化学肥料にケチをつけたが、わたしはあらゆる人為や工業製品に反対しているわけではない。

耕さないが、草は刈る。化学肥料や乗用大型機械は使わないが、堆肥や獣除けの鉄柵や刈払機やチェーンソーは使う。これは、横着と金のなさと手づから多種協働したい欲望とが綯い交ぜになったわたしなりのバランスだ。なお、これは確乎とした主義ではなく、だらしない目安であり、時と場合によって変動しうる。

とはいえ、目安は目安だ。なぜこの目安にするかといえば、どうなるかが一定以上は予断できない状況がわたしの性に合っているからだ。こうなるだろう、こうなってほしいという一応の予測や期待はもちろんある。しかし、何事もこうすればこうなるとは言い切れないはずだし、当然相手は独立した一者でもわかりきった存在たちでもない。わたしはむしろ異例や望外を挑撥しながら綱渡りをしたい。はたして、落ちる覚悟が自分にあるかはわからない。いや、覚悟など持ち合わせてはいない。だが、落ちるかもしれない状況でないとスリルもない。落ちたら落ちたときだ。

堆肥の開かれてあるところにわたしはいたく惹かれているので、田畠全域を堆肥化する方法を採っている。だが、開かれてあるということは、こちらの出方の巧拙が問われ、誤れば当然損害が出るということでもある。

綱渡りといえば、絵本『じごくのそうべえ』❖[22]がある。かつて幼いわたしに最も鮮烈な印象を残したこの本を、先日ふと思い出して読み返してみたところ、自分が大きく感化されていたことを確認した。

物語は、軽業師（かるわざし）のそうべえが綱渡りに失敗して転落死するところから始まる。死んだそうべえは、同時期に死んだ医者のちくあん、山伏のふっかい、歯抜き師のしかいと共に、気まぐれな閻魔大王の幾分理不尽ともいえる判断で地獄行きを命じられてしまう。そこで糞尿地獄や熱湯の釜や針の山など数々の懲罰が課されるのだが、おとなしく従う四人ではない。彼らは持ち前の剽軽（ひょうきん）さと各自の職業上の技能によって、地獄の責め苦を悉（ことごと）く手玉に取って台無しにしてしまう。困りはてた閻魔大王は四人を地獄から追放し、そうべえらは首尾よく生き返ることができる。

——と、こういう話だ。わたしはこの絵本から多くを学んでいた。綱渡りのようなスリルに身を投じる愉しさや、失敗したらしたで新たに生まれる愉しさは、わたしを大いに励まし、危険の多い方向へ押しやったのだった。

さらに、今回読み返して驚いたことがある。四人が大きな鬼に呑まれるものの腹の中で好き勝手に暴れまわる場面があるのだが、この腹の中の描写が、わたしの里山観と大きく重なっていたのだ。二十数年も前に読んだ絵本にこれほど触発されていたとは思わなかった。

もっとも、そうべえら四人は鬼の腹の中で暴れたために体内から脱出する。地獄からも脱出する。しかし、脱出は単に結果的にそうなっただけであって、より重要なことは、生きていようが死んでいようがその場その場で徹底的にふざけたおすことである。そうすれば、地獄でさえ地獄でなくなって愉快な場所になる。

里山という怪物の腹の中で、火の車に乗りつつ、失敗と隣り合わせの堆肥農耕を営みながら、わたしは多くの生き物たちと戯れつづけていたい。

❖22 田島征彦『じごくのそうべえ』（童心社、一九七八）

生物学的腐敗と道徳的腐敗

堆肥になるには腐敗が必要だ。しかし腐敗には、生物学的腐敗と道徳的腐敗の二つがある。ここでは両者についてそれぞれの現状をみてみたい。

生物学的腐敗は、有機物が微生物の作用によって分解され無機化されることだ。植物が吸収可能な養分を用意するためには、この分解過程を経る必要がある。

ただし分解は、目に見えないくらい小さな者たちだけの特技ではない。あらゆる動物は摂食、消化、排泄という営みを行う。これを分解と区別して捉えることは生態学などでは重要なのかもしれないが、わたしは特に区別しない。実際、堆肥盛りの中で蠢くのは微生物たちだけでなく、ミミズやトビムシやダニやダンゴムシたちといった小さな動物たちもせっせと分解して堆肥化に参与している。要するに微生物や小動物たちの働きがあってはじめて堆肥は作られるということである。

にもかかわらず、彼らは往々にして人間から疎まれる存在だ。微生物たちや虫たちは、十把一絡げに除菌されたり悲鳴と殺虫剤を浴びせられたりする。あるいは、遠くにいてくれる分には構わないというのだろうか。だが、そうだとしても、そこに差別意識が混じっていないとは言い切れない。

「汚い」菌や虫たちが無造作に排除される場面に出くわすとき、わたしは人間社会の差別問題と同形のものを感じざるをえない。屠畜や葬儀や汚物処理といった職業に従事する者たちが差別されてきた日本の長い歴史は今なお継続しているし、[23]「上下」の感覚は世界各地の都市構造に反映されてもいる。ジェームズ・C・スコットの本にこんな一節がある。


首都の中心部における厳格な視覚的な美観へのこだわりは、薄暗い居住地と多くの不法占拠者が暮らすスラムを生み出す。たいてい彼らは、計画された上品な中心部で

❖23　森達也『いのちの食べかた』(角川文庫、二〇一四)参照

働くエリートの家の床を掃除し、食事を料理し、子供の世話をしている。中心部の秩序は、その秩序に従わず否認された周縁部の実践によって支えられているのであって、その意味で欺瞞にすぎない。[24]

こうした人間への不当な扱いは、そのまま菌や虫たちへも向けられている。それは欺瞞であり、わたしは異種たちと共にある身として見過ごすわけにはいかない。

わたしたちは、わたしたちの場所が他の生物からの収奪によって成り立っていること、わたしたちの食卓にならぶ食べ物が元を辿れば彼らの分解作用=腐敗に負っていることを想起しつづけるべきだろう。さらに、どんな生物も何らかの仕方で生態系の一端を構成していること、くわえて、わたしたちの身体自体が、わたしたち自身の体細胞の数をはるかに上回る無数の菌たちとの協働で運営されている一つの生態系であることも。[25]

もっとも、自分の身体や寝室に「病原菌」や「害虫」がうようよいることは誰しも好まないだろうし、避けるべき事態である。けれども、実際に不都合のある者はごく一部なのであって、ごく一部の者の排除のために全員を一括りに排除するような行いは得策ではない。

微生物たちの偉大な働きを説きながら、土壌と腸を鮮やかに結び付けた『土と内臓』でデイビッド・モンゴメリーは述べる。

優に一世紀以上、人類は見えない隣人を脅威と見てきた。土壌生物をまず農業害虫と考え、そして細菌論のレンズを通して、微生物を死と病気を運ぶものという型にはめた。この視点から生まれた解決策――害虫を一掃するための農薬と病原体を殺すための抗生物質――は、われわれの慣習に定着した。悪い微生物を殺すことに熱中するあまり、居あわせた害のない微生物への付随被害を、私たちはあまり気にしてこなかった。❖26

❖24 ジェームズ・C・スコット『実践日々のアナキズム 世界に抗う土着の秩序の作り方』清水展他訳（岩波書店、二〇一七）五五頁

❖25 アランナ・コリン『あなたの体は9割が細菌 微生物の生態系が崩れはじめた』矢野真千子訳（河出書房新社、二〇一六）参照

❖26 デイビッド・モンゴメリー他『土と内臓 微生物がつくる世界』片岡夏実訳（築地書館、二〇一六）三一三―三一四頁

農薬の多用が、短期的には害虫を減らしはするものの長期的にはむしろ害虫を増やすことと同様に、抗生物質の多用が抗生物質耐性菌を生んでしまうことはもはや周知の事実だろう。わたしたちにとって敵と呼ぶべき生物はたしかにいるものの、その他のほとんどの生物はわたしたちにとって必要な者たちなのだ。モンゴメリーは忠告する――「敵を飢えさせ味方に食べさせよ。敵を抑えてくれる味方を滅ぼすな」[27]。

同書によると、植物は、光合成で得た炭水化物などを根から滲出液（しんしゅつえき）として土中に分泌し、それがある種の微生物の餌となるのだが、誘われた微生物は植物に栄養を運ぶばかりでなく病原菌が近寄るのを防ぎもする。これと同様のことを、わたしたちは大腸で行っているというのだ。人間の大腸の作った粘液が、大腸に至るまでに消化されなかった植物質や死んだ大腸細胞と共に、ある種の微生物の餌となる。それと引き換えに、その微生物は人間に栄養を提供するばかりでなく病原菌を抑制しもする。このような有益な共生関係をも、農薬や化学肥料や抗生物質は壊してしまうのである。

人間は作物に直接餌をやることができない。わたしたちの餌となる作物の餌となる堆肥を作り出せるのは土壌生物たちなのであり、わたしたちができるのは彼らに餌をやることだけだ。しかも、微生物たちに有機物を分解してもらってできた堆肥で作物を育てることができたとしても、その全部をわたしたち自身の力だけでは消化しきることはできず、大腸でまた別の微生物たちに分解してもらわなければならない。つまり、生物学的腐敗＝微生物による分解作用は、田畠の土壌ばかりでなく体内の土壌にとってもなくてはならないものなのだ。

わたしたちは、生物学的腐敗にあまりに多くを負っている。

では、わたしたち人間の道徳的腐敗はどのようなものだろうか。利己的な言動、他者の利用、社会規範からの堕落など、卑劣や薄情や自分勝手といった形容が似合う状態がそれに当たる。

とすれば、前述したような、「穢（きたな）い」仕事の従事者を、彼らに支えられるしかないにも

❖27　デイビッド・モンゴメリー他『土と内臓 微生物がつくる世界』片岡夏実訳（築地書館、二〇一六）三一五頁

かかわらず周縁に追いやって冷遇する態度は、まさに腐敗といえるだろう。こうした腐敗はしばしば糾弾の的になる。わたしもそれには賛成だ。

だが一方で、追いやられている側が腐敗していないかといえば、彼らも彼らでやはり腐敗しているのである。第一章でも引いた『分解の哲学』のなかで藤原辰史は、幸徳秋水が活写した「世田ヶ谷襤褸市（ぼろいち）」を紹介しつつこのように述べる。

> 世田ヶ谷の襤褸市は、消費された商品のゴミの掃き溜めであるとともに、それらの修理工場であり、しかもそれは都市と農村の境界に位置する。つまり、村民と都市民が入り乱れる場所だ。そこは、ある人にとっては屑でしかないものを売り物に「変態」させる。ほかにも、貴重な肥料になる魚のハラワタを集める「魚腸拾い」も底辺社会の重要な職業であったという。［中略］
>
> 空の醤油樽に入った魚のハラワタが、海から陸へ逆流する。ちょうど、海藻やニシンが畑の肥料になるように。陸から川を通じて海へと物質が流れ、海洋生物の栄養になっていくのとは逆の方向の物質移動が成立している。こうした物質の流れをもたら

> す分解力こそが、プロレタリアートというにはあまりにも雑多な人びとの、屑拾いの、魚腸拾いの、それを購入する農民や貧民の基本的には私利私欲的で自己保存的なはたらきであった。[❖28]

人間は誰しも自分がかわいい。みな自身の欲望に忠実であるからこそ、他者よりも自己を優先する。つまるところ、追いやる側も追いやられる側も、そうでない者も、すべて人間は腐っている。だが、道徳的腐敗のすべてが生物学的腐敗に合流しているわけではない。

たしかにスラムの住人や屠畜者や掃除夫や屑拾いや魚腸拾いたちの道徳的腐敗は、生物学的腐敗に合流している。しかし、それらはたいてい社会構造になかば強いられた消極的な参与にすぎない。生物学的腐敗に密接な所業が忌避され、彼らに押しつけられているために、結果的に彼らは堆肥化を推進しているのである。

❖28　藤原辰史『分解の哲学　腐敗と発酵をめぐる思考』（青土社、二〇一九）六八頁他方「上流階級」の者たちの道徳的腐敗は、腐敗とはいえ生物学的腐敗と堆肥化に寄与していない。したがって、道徳的腐敗は場合によって堆肥化に寄与したりしなかったりする、ということもできる。だが、それは腐敗の度合いの問題である。利己的で貪欲であること自体は多く土壌生物にも共通していることなのであって、堆肥化にとってむしろ歓迎すべき事態なのだ。

汚い／穢い存在を追いやり冷遇する道徳的腐敗の糾弾に、わたしは賛成だと書いた。だがそれは、腐敗を中断させる方向においてではなく、むしろ推進させる方向においてである。道徳的腐敗を、生物学的腐敗と同様にその貫徹によって堆肥化するべきである。どんなものであれ道徳的腐敗を制限する仕方は、結局、生物学的腐敗をも遠ざける清廉でつまらない社会を再生産するだけだ。

腐爛生体

汚職に搾取に身内贔屓、嘘に欺瞞に権威主義、吝嗇、傲岸、我田引水――社会は腐敗に事欠かない。

だが、世の権力者たちのニヤついた顔を見るとき、よくもまあその程度の腐敗で悦に入ることができるものだと思う。中途半端な腐敗でいい気にならないでほしいものだ。堆肥になってこその腐敗ではないか。

権力者でなくとも、中途半端な腐敗に安住する者は多い。未熟な腐敗者はしばしば、罪の意識から逃れたり、自ら手を下すことを避けたり、叛逆の芽を摘んだりする。間接性と一回性とが彼らの特徴だ。たとえば、家畜の屠殺は他人にやらせて肉は食うこと、土手をコンクリートで固めて長期間不毛の形質を保つこと、ある生物種を絶滅するまで獲り尽くすこと、等々。

さらに、彼らは社会的な価値を重視する。それが生の間接性を如実に表すものだという認識すらなく、人-間に留まろうとする。生きることは人-間ではなく多種間にあるにもかかわらず、直接にそれを取りにいかない態度は寡欲的というほかない。

いったい、罪の意識を持ちながら己の手を汚し、くりかえし殺すために相手を育みさえするほうが、腐っているとはいえないだろうか。悦びが深いとはいえないだろうか。他人の手の感触はわからないし、一度や二度では足りない。爛熟（らんじゅく）した腐敗者とは、多種間において叛乱の余地を与え、生育の支援までして、刈りとる悦びに幾度となく浴する者のことではないか。直接性と反復性とが腐爛（ふらん）の指標といえるだろう。

もちろん、これを社会で人間相手にしてはならない。それは違法である以前に、寡欲的でつまらない行き方である。くりかえすが、人-間に留まること自体が寡欲的である。生きる悦びは多種間に存する。

半端な腐敗物ほどよく臭う。風上にも置けないとはこのことだ。腐るなら腐りきるべきである。わたしたち腐った人間の堆肥化を阻むものは、欲望の貧困に他ならない。わたしたちは殺すために、もっと異種たちを育まなければならない。育めば、もっと殺せるばかりでなく、育んだ者を殺す悦びまで手に入るのだから。

さしあたり肝要なのは、多くの者をくりかえし育む＝殺す欲望の富裕化である。育むことが殺すことと不可分であることはすでにみた。何者かを育むには何者かを殺さねばならないのだった。生き物を育てたことがある者なら誰しも、育てる愉悦を知っているはずだし、その中には餌をやる愉しみも含まれているだろう。そうして育てている対象に嬉々として餌をやるとき、餌となる生物の死にわたしたちは加担しているのだ。

だが、そのことが注目されることはあまりに稀だ。育てている対象生物の生育は取り沙汰しながら、その生物の生育のために死んでいった生物の存在を不当にも黙殺する。そんなことでは育む悦びの半分しか摂取できない。

自分のものであれ他者のものであれ、死への意識はいつも生を肥やす。単純明快な法則にもかかわらず、それが履行されることの滅多にないことをわたしはもったいないと思うのである。死は生の餌なのであり、死を遠ざけては生を飢えさせるだけだ。

だいたい、「生きていることは素晴らしい」「すべて生物は尊い」とは、いつだってひどく聞こえのいい台詞であるけれども、こうした台詞が吐かれる際に、生物は他の生物を殺して生きているということが留意されているかは甚だ疑わしい。生物が尊いということに異存はないが、だとすれば、尊いはずの生物を殺して生きる生物は、皆とんでもない悪者であるとも言わねばならないはずである。すべて生物は、崇高無比にして不届き千万な存在なのだ。

　したがってわたしは、生きるためなら殺すことは悪くない、とは言わない。あくまで生命尊重の立場をとるならば、自分が生きるためだとしても、それまで生きていた者の息の根を止めることを正当化することはできないからだ。殺すより他に生きようはないが、殺すことはつねに悪いことである。

　それに、生きるための必要を超えて愉しみのために殺すことは、わたしたち人間の生活にありふれた事態ではないか。「美味しさ」はつねに必要よりも優先されているし、そのためならわたしたちは必要以上に殺してもいる。

　しかし、すでに重罪者であるわたしたちに罪の自覚が十分あるとはいえない。いちいちの食事にあたって、目の前にある料理が少し前まで生きていた者たちだということに思いを馳せる人間は限られている。罪の意識を持っていては愉しめない、と多くの人は言うかもしれない。だが、殺す罪悪感を糊塗するのは自他の生を軽んじることに他ならず、その意味ではかえって生の悦びを放棄していることになる。

しかも、罪悪感と悦びがトレードオフの関係にある局面のほうが例外的だろう。禁止があるからこそ侵犯の悦びがあるというバタイユの言を援用するまでもなく、禁じられればむしろやりたくなるのが人情であり、わたしたちはしばしば善行よりも悪行を、それが悪行であるために愉しいと感じる。多く罪悪感は悦びを増幅させるのである。

生を十全に愉しむにあたって、殺すことへの、そして生きることへの罪の意識はこの上ない香辛料だといえる。「美味しい」を優先するように、わたしたちが生の味わいを重視するならば、この香辛料をふりかけない手はないはずだ。どの道わたしたちは有罪なのであり、そうであれば、罪に苛まれるより罪を愉しんだほうが得でもある。となれば、あとは罪を罪として、殺す悦びを殺す悦びとして味わえる舌の強さ、嚥下し消化し血肉化し力とする図太さを養うだけだ。

殺すことを悪いことだと捉え、それを愉しめるようになったとき、殺す他ない生は、単に生のままで輝かしい悪事となる。ここに、生を育む営みの最たるものである農耕の光彩陸離たる悪趣味性も見えてくる。

農耕は、他の生き物を餌にして作物や家畜を育むばかりでなく、育んだ作物や家畜を殺して食べるという、罰当たりな悦びの重層する営みである。欲望の富裕層＝腐爛者にはうってつけだといえるだろう。手塩にかけて育てた稲や大豆や鶏を手づから殺して食べ、のうのうと生きてさらに彼らの子供を手にかける、ということをくりかえすことができるのだから。

腐爛者は善き存在ではないが、殺せなくなることに反対する。多くの生物の生息域が喪失することは、犯行持続可能性の減退を意味するからだ。殺しつづけるためには沢山生きていてもらわなければならない。殺す悦びのためなら、殺す相手の生息域を増やし、彼らの福祉の充実に尽力するのは当然のことである。

夏

田植え直前にようやく畦塗りをなし終えた。わたしが担う棚田は七、八段あって、毎年最初の一枚は勘所を思い出しながらやり、だんだんうまくなって三、四枚目が一番上等で、最後のほうになると飽きて雑になる。なかでもひときわ細長い二段があり、細長いということは、植えられる範囲が狭いにもかかわらず畦塗りの距離は長いということだ。その甲斐のなさは意気を挫いてくるけれども、土を砕いていると現れるオケラが仕事を慰めてくれる。オケラは、前脚で土を左右に掻き分けて穴を掘る。手に持つと、想像以上の力強さで指と指の間をこじ開けられるのが愉しい。

　畦塗りは、土を捏ねてどろどろにして行うから、どこまでも手直しができる。わたしは妙なところに凝る性質（たち）で、塗りたての畦は貯水という機能を超えて「作品」の様相を呈してくる。特に棚田という直線のない地形は、凸凹なく畦を塗ることで艶かしい曲線が強調されるから、それが見たさについつい仕上がりに拘（こだわ）ってしまう。だが、どれだけきれいに塗った畦でも、翌朝見るとオケラの這い回った跡や獣の足跡がある。水を張った田んぼには、これさいわいと水生生物たちが蠢く。畦塗りとは、半年たらず田んぼに水を溜め、ほどなく虫たち獣たち草たちに侵蝕される脆い人為だといえるだろう。ここには整と雑の混淆がある。人間が土地の形質を変え線を引き整頓するのだが、それをまた非人間たちが撹乱する。くりかえされるこの攻防の折り重なりが沃野を形成し、そこに生きる者たちを人間／非人間の別なく養うのである。

わたしは耕さない農耕をしているので、鍬を使うのはほとんど畦塗りのときに限られる。そのためこの期間にだけ、左手の拇指と人差し指を除いた三指の付け根にマメができる。わたしは右利きであり、基本的には柄の端を左手で、刃に近い方を右手で持つ（作業によっては持ち替えることもあるが）。つまり軸足ならぬ軸手は左であり、より力を入れて握るからマメができやすいのだろう。そういえば、弓道をやっている時分には、拇指と小指の付け根にマメがあった。握り方は異なるものの、鍬でも弓でも人差し指を使わない点では同じだ。指をどれか一本切らなければならないなら、わたしは迷いなく人差し指を差し出すだろう。

弓道ついでにいうと、弓道で使う筋肉と野良仕事で使う筋肉は似ていると思う。すなわち身体の裏側の筋肉である。腕でいえば上腕二頭筋ではなく三頭筋、胴でいえば胸筋ではなく肩甲骨まわりの筋肉である。さらに、指先や足先ではなく、身体の中心に近いところで力を受けたり発したりすることが重要なのも共通している。たとえば鍬や掛矢を振るう際には、なるべく息長く、なるべく少ない力で大きい結果を出したほうがよいが、小手先や表の筋肉で力むと道具の力を殺してしまうばかりか、直（じき）にこちらが疲れ果ててしまう。そうではなく、腰を入れて、持久力ある身体中央付近裏側の大きい筋肉を使い、道具があたかも身体の延長であるがごとく動かすのが効率的である。道具たちを屈服させるのではなく籠絡すること。しなやかな仕事には、他者や己の身体との政治が是非とも必要だ。なんであれ、見えにくい裏側にこそ興味深い奥ゆきがあるのである。

水中を好む生物にアカハライモリがいる。わたしは彼らが大好きで、田んぼで出くわすと、悪いとは思いつつも手に取らずにいられない。通常彼らは黒一色の背中を見せているものの、ひっくり返せば名前のとおり腹が赤い。赤地に黒の斑点模様が個体によって異なっており、それを嫌がられながらチェックするのだ。模様はどれもおもしろく、なかには斑点がまったくなく赤一色の者もいる。

水田には蛙も増え、オタマジャクシも生まれている。カエル類はニックたちだけでなく、他のさまざまな生物の餌となる生物だから、沢山いるのを見ると頼もしい気持ちになる。もっとも、トノサマガエルは鈍いのか草刈りのときによく一緒に刈ってしまい、こんなことで大丈夫なのかとさすがに心配にもなる。あるいは、その名に殿様と冠されたのは、多くの者に食い物にされるという意味からなのかもしれない。

二〇一九年には心踊る邂逅もあった。水路沿いを歩いているとタゴガエルがいたのだ。それまで田んぼで見る蛙といえば、トノサマガエル、ツチガエル、アマガエルが多く、たまにシュレーゲルアオガエルに出くわすくらいだったため、薄赤色の蛙を視野に捉えたときは目を疑った。

タゴガエルはアカガエルの一種である、アカガエルといえば、ヤマアカガエルとニホンアカガエルの二種が代表的だろう。いずれも話を聞いたことがあるのみで、実物を見たことはなく、いつか自分の田んぼにやってきてくれることを密かに願いつつ、全国的に数が減少しているとも聞いていたから、半ば叶わぬ望みと期待してはいなかった。タゴガエルはこの二種ほど珍しいわけではないにしろ、水路に佇む彼に不意に遭遇したわたしは、跳び上がる思いでスマホのカメラを向けた。予定していた作業などほっぽり出して、まじまじと彼を眺めていた。最初はニホンアカガエルかと思い悦びも一入だったものだが、タゴガエルと判明したからといって落胆しはしない。里山生活を開始して五年目、それも自分の田で、音に聞こえしアカガエルの一種に出会えたのである。ここで稲作をしていてよかったと心底思った。田んぼで稲が育つことは言うまでもなく、そこで多くの他の生物も暮らしていることが同じくらい悦ばしい。これだから稲作はやめられない。

カエルがいるということは、ヘビもいるということだ。シマヘビ、ヤマカガシ、ジムグリ、ヒバカリがいて、マムシもいる。マムシは毒を持っているうえに獰猛だから注意しなければならない。彼らはいかにも凶悪な見た目をしており、田んぼで遭遇した際には身体が直ちに厳戒態勢に入るのがわかる。相手がこちらを見つけていなければまだしも、目が合ったならそのまま後ずさるべきだ。目を離せば追われるおそれがある。そうして相手の位置を見失わないようにしながら近くの棒を探し、それで頭を潰して殺す。無闇に殺したくはないけれども、田んぼで増えられるのは困るので仕方ない。毒腺のある頭を落として皮を剥き、肉を炙ってニックたちにやるのが慣例だ。たまにわたしも食べるが、なかなか旨い。

ミイデラゴミムシもいる。彼らの腹を軽く叩くと「プッ」とオナラをする。オナラを吹き付けられた指は化学的に変色し、独特の臭いが残る。彼らは腹中に過酸化水素とヒドロキノンを持っており、攻撃されると瞬間的にそれらを反応させ、水蒸気とベンゾキノンから成る一〇〇度ものガスとして噴出するそうだ。そのガスが蛋白質を変質させてしまうから、指は茶色く染まるのである。指先に浴びる程度なら大した害はないだろうし、オナラをされるのが愉快で思わず触ってしまう。

さて、唱歌「夏は来ぬ」で歌われているように、ホトトギスが鳴き、卯の花が咲いて、いよいよ田植えの頃合いだ。畦にはウツボグサも咲き、コガネグモが大きな巣を張り、夜には蛍が飛ぶ。苗代（なわしろ）ですくすくと育ったほなみちゃんを一本一本手で植えてゆくのだが、耕していない田は一般的な水田のようにとろとろではなく、鎌の先でほぐしながら植えなければならないため時間がかかる。とはいえ田植えの時期は限られているので、この期間は日の出から日の入りまで必死に植え渡す。

後ろ向きに進みながら田植えをしていると、トノサマガエルが付いてくることがある。あれは妙なもので、わたしが少し進むと、彼も少し進んで一定の距離を保っている。我に施せと言わんばかりに待っているので、ほぐした土から出てきたミミズを投げてやると、前脚を使って口の中に掻き込む。つづけて何匹かやると得心したのか去っていった。ただの偶然だとしても、今まで何度かあったことだ。普段ならニックたちにやるべく彼らを捕るところを、田植えで忙しいときくらいは見逃して、気晴らしに餌をやってみるのもいい。あるいはそれも織込み済みなのだろうか。殿様といえども頭の切れる者も中にはいるのかもしれない。

棚田に続く道の端にはアジサイが咲く。あれは雨に降られながら田植えをした帰りのことだ、アジサイの花の上にシュレーゲルアオガエルが佇んでいた。なかなか風流なやつだと眺めていると、その日の疲れがゆっくり癒えていくようだった。シュレーゲルアオガエルはアマガエルより一回り大きく、目の横に黒のラインも入っておらず、色もより鮮やかな黄緑色だ。アジサイの薄紫の額縁に、その姿は一層映えて見えた。

田植えをなし終え、暦が半夏生（はんげしょう）に入る（七月一日頃）。畦を歩いて棚田を見廻る。整然と、それでいて田んぼの形を反映してほなみちゃんたちの並ぶ様にはうっとりさせられる。ちなみに、田植えは半夏生までというのが習わしで、田植えを終えた昔の百姓たちは「田休み」と称して慰労の宴会をし、半夏生から昼寝を解禁したそうだ。辛(つら)くとも、植えるものを植えてしまわなければ飢えてしまうから、わたしもそれに倣っている。もっとも、昼寝を解禁するからといって、田んぼの仕事が終わったわけではない。田植えの時期にほったらかしていた畦の草刈りをしなければならないし、最初に田植えをした段から草取りもしなければならない。ただ、気温の高い時期に一日中休みなく働いては疲れが出て続かないから、昼寝を挟むのは理に適っているといえるだろう。とにかく、昼に一旦ビールを飲んで一五時くらいまで休む季節の到来だ。

ノカンゾウが燃えるような濃い橙色の花を、コマツナギが可憐な桃色の花を咲かせ、ナスやトマトやキュウリが採れだし、蝉がかまびすしく鳴き、キリギリスが闊歩している。日中、野辺には生物の数が一段と増え、夜間は夜間で田んぼの中に活気が出てくる。水の加減を見るついでに、夜の田んぼに繰り出し、懐中電灯で照らせば、アカハライモリやコオイムシやゲンゴロウやサワガニが盛んに蠢いている。闇夜にまぎれた水面下の賑わいは、見慣れたはずの田んぼのもう一つの顔のようで、どこか不穏で刺激的だ。辺りでは、アマガエルが口を膨らませて大合唱している。

日照時間の伸長と気温の上昇にともない、生物間の戦闘も加熱され、いきおいわたしの仕事量も増加する。早朝と夕方に草刈りを、その間に田草取りをするのが日課となる。それくらいしなければ追いつかないのだ。里山は長閑だと形容されがちだが、その長閑な景色は、とても長閑とはいえない汗まみれの作業の結果なのである。あるいはこうもいえる——里山の景色を長閑だと感じるのは、人間が征服済みの景色だからである。悠長に眺めつづけていてはすぐに鬱蒼とした景色になる。それを長閑だとはいえないだろう。

わたしが以前に草刈りについて書いた文章を載せておこう。

刈払機のチョークを閉め、プライマリーポンプを数回押して燃料を送りこみ、リコイルスターターを引っぱってエンジンをかける。すみやかに高まる爆音が仮借ない暴力を予告する。胸が共鳴して高鳴る。

ハンドルを持つ。その重量が雄弁に〈力〉を物語る。エンジンの振動が手に伝わり、いきおいわたしの脈拍も速まる。スロットルレバーで回転数を上げ、草の根元に刃をすべらせる。よく研いだ刈刃の滑らかな切れ味。為す術なくむざむざと切り裂かれる草たち。征服の左右運動。小気味よい殺戮のしらべ。

しばらく刈ってから後ろを振り向くのもいい。刈っている最中は一振り一振りに集中しているのだが、その虐殺の積み重ねが広域の領土を完成させる。刈られた草たちは皆だらしなくひれ伏している。地表の断面の集合は、領土にかしずく従順な民草の顔を見せる。

ところが、夏場はひと月もすれば草丈は元どおりになる。さしずめ領土全域における度重なる武装蜂起である。それでこそ張合いがあるというものだ。わたしは民草の叛乱を許容する。それどころか、推奨しさえする。

里山の王たるわたしは、そのつど圧倒的な武力をもって騒擾を平らげるのである。[29]

いかにも、里山は人間と自然の戦闘地帯だといってもいいくらいだ。熾烈な争いが日夜くりかえされているのである。刈払機という〈力〉は、それを手にした者の気を大きくさせるけれども、殿様と同じく、里山の王だと驕るわたしが、逆に里山に利用されているのはもはや言うまでもないだろう。

草刈りとは異なり、腰をかがめてする田草取りは地道な仕事だ。ほなみちゃん一体一体の周りの草を手づから抜いてゆく。夏の強烈な日光が照り付け、汗が田の面に滴り落ちる。稲作の工程のなかでも特にしんどいが、稔りを手にするためには大事な作業だ。このときわたしは、さしずめほなみちゃんの奴隷といえる。つまり、早朝には王、昼間には奴隷、そしてまた夕方には王として、

❖29 東千茅「征服の反復としての里山生活」(『つち式 二〇一七』別冊付録『追肥〇一』所収)

振り幅激しく振舞うことになる。

八月、ヤマユリやナツズイセンが咲く。この頃になるとほなみちゃんも花を付ける。他の草に負けないくらいに姿も大きくなるし、何より受粉を妨げてしまうから花期には田んぼに入らない。稲の花はとても小さく目立たない黄色をしている。花見をするにはあまりに華がないものの、これまでの労苦を思えばそんなことは重要ではない。ゆくゆくはわたしの一部になる彼らの姿を肴に、畦に寝そべってビールを飲む。

盆の時期がくれば「棚田全段流し素麺」だ。これは、文字どおり棚田の上から下までを使った約一〇〇メートルの流し素麺である。——と、こういえば勇壮だが、当然それだけのものをするには相応の準備が必要だ。前日から、友人たちと竹を伐り出すところからやる。長さが長さなので、竹は大量に要るし、それらを割って節をきれいに取らなければならないばかりか、割り竹の脚となる杭も作らなければならない。作業内容は地味なうえに同じことのくりかえしで、それだけで前日は終わってしまう。それでも、皆で共に作業をすることはそれ自体悦びであるし、当日に素麺を食べるだけでは得られない何かがある。夜には、互いの労をねぎらい、成功を祈って、わがニックたちの一羽を捌いて宴会をする。

一夜明け、皆を叩き起こして、早朝からまた準備にとりかかる。三々五々集まってくる当日参加者にも作業に加わってもらう。まず竹を各段に運び、杭を×の形で打ち、その上に割り竹を置き、継ぎ目を針金で括ってゆく。材料が均一でコースがまっすぐであれば簡単なのだろうが、太さが一本一本違う竹と、形も段の高さもそれぞれ違う棚田が相手では一筋縄ではいかない。皆が皆こうした作業に明るいわけではなく、手分けして進めるのも難しい。くわえて、まっすぐで済むところをあえてカーブさせてみたくなるわたしの捻くれた性格も仕事をややこしくする。軽い熱中症になりながら、試行錯誤のすえなんとか昼までにできれば上出来だ。第四回となった二〇一九年は、慣れたのか予想以上に早くできあがったものの、第一、二回は一四時頃までかかった。そうして完成すると、もはや流し素麺がおまけのように感じられてくる。長い素麺台の制作こそがこの祭りの肝なのだ。

ちなみにこの流し素麺は、棚田で何かイベント的なことをできないかと考えたのが発端である。当初は流し素麺である必然性は何もなかった。しかし実際にやってみると想像以上に愉しく、二回三回とやっていくうちに恒例行事と化した。竹を大量に伐ることは竹林整備にもなるから、今後も毎年の行事として続けるつもりだ。

棚田全段流し素麺が終わると、急速に秋の気配が忍び寄ってくる気がする。少し前まで傲然と咲いていた向日葵（ひまわり）がしおれ、他のバッタ類に遅れてコオロギが姿を見せ、小豆の莢（さや）が枯れて収穫期をむかえる。わたしは熱に浮かされていたのかもしれない。騒がしい夏の日々の記憶が、どこか幻の風貌を帯びてくる。

第三章

世界に逆らう

わたしは昔から生き物が好きだった。だが、他の生き物ほど人間は好きではなかった。出身地が、大阪府とはいえ南部の田舎だったことも関わっているだろう。家の周りには山があり田んぼがあった。カブトムシやクワガタムシを捕ることはもちろん、セミの脱皮に息をのんだり、水田のカブトエビを弄(いじ)ったり、珍しいナナフシの登場に小躍りしたり、カマキリの腹からハリガネムシを出しておもしろがったりしたことを覚えている。小学校への登下校は車道沿いの歩道を通るよりも、山の中の道や田んぼの畦道を組み合わせて行くほうが好きだった。

少年期のわたしは、ある時期までそこそこ成績の良い生徒だったと思う。それはそうなろうとした結果ではなく、流されるままに勉強していればそこそこの点数が取れていたというだけの話である。わたしは優等生よりも不良に憧れていた。とはいえ、月並みな不良の仕草振舞いにはあまり惹かれなかった。中高生の時分は、衝動にまかせて教師や親に楯突いたことも幾らかあったが、今から考えれば、わたしはもっと根本的な不良になりたいと思っていた。周囲の人間や社会制度などを越えて、自分を生みだした世界そのものに逆らいたかった。

以下は、わたしの大学中退までのかんたんな履歴である。

保育園時代

人づきあいにおいて早くも不才を示す。「保育園なんかぶっ壊したる」と息巻いていた園児だったそうだから、この頃から世界との折り合いは悪かったのだろう。一度、保育園から脱走を試みるも、園児に門は高く、自分ではどうにもできない事態に歯を食いしばる。また、理由は覚えていないが、おそらくちょっとしたことで機嫌をわるくしたのだろう、窓ガラスを蹴り割り怪我をした覚えもある。

各学年一クラスしかない公立の小学校に入学。一、二年次、人見知りは鳴りをひそめ、同級生に苦もなく混じり、それなりに機嫌よく過ごす。そのまま平均的な人間の道を行くかに見える。

三～五年次、父の仕事の関係で台湾の日本人学校に転入。日本の学校と打って変わって、各学年に四クラスはあり、しかも親の仕事の都合で来ている子供が多かったから、入れ変りも激しく、風通しのいい環境だった。小学生ながら多様性を認める（認めざるをえない）文化と、ほどなく訪れるであろう別れの予感のなかで、のびのびと過ごす。のちにこれが仇となる。

六年次、父の任期がおわり、もとの日本の小学校に戻ってくる。三年前と同じ顔ぶれの同級生たちが精神的にひどく幼く見え、再会をよろこぶと同時に画一化を迫る空気に違和感を覚える。まずまずたのしく過ごすが、淀みのなかに閉じ込められていくようなぼんやりとした不安が付きまとう。

中学校時代

三つの小学校区から生徒が集まる公立中学校に入学。同級生の人数が増え、同調圧力はさらに高まり、徐々に精神が悲鳴をあげだす。同級生たちが見事な身のこなしで空気に溶け込むなか、画一化への違和感を拭えないまま、かといって自分がどうしたいのかもわからず、迎合と自問をくり返す憂鬱な日々。くわえて、日本の教育を受けた延長線上にある未来を想像して絶望、ますます憂鬱になり、勉強する意欲を次第に喪失する。

高校時代

自分の道の見えぬまま、しかたなく私立の高校に入学。周囲の空気は中学校時代と大差なく、精神状態は悪化の一途をたどる。価値を感じられるものを何一つ見つけられず、止まっている自分の横を時間が無情に流れ去っていく感覚に苛まれる。解消されない憂鬱と不満は対外的な攻撃性を帯び、同級生の蔑視、教師への反抗をもってなんとか精神のバランスをとる。しかし、周囲へ反発したところで自己の空洞が埋まるわけもなく、かろうじて保っていた精神の均衡は着々と崩れだす。

鬱の盛り。周囲との同調はもちろん、反抗も自己を形成しないと気づき、ムヅカシイ本に手を出すも理解できず、八方塞がり。パンクやロックを聴いて憂鬱をなんとか慰めながら、徐々に暗いところへ降りてゆく。六〇年代の日本のアングラ文化を知り、高校をやめるしかないと思うに至る。

高校をやめるための対外的な、主には親への説明として、留学を思いつく。思惑は功を奏し、周囲の納得を得、高校を一年次修了とともに中退。欣喜雀躍（きんきじゃくやく）たる思い。

己に急かされるように、また己と日本から逃げるようにカナダはヴィクトリアへ留学。語学学校に数カ月通ったのち、現地の高校に入学。しかし、自分にとっての留学の目的は日本の高校をやめることであり、中退した時点で目的がすでに達成されてしまっているなかで、カナダですべき事も見出せず、時間を浪費している感覚に毎日精神を蝕まれ、ふたたび深い憂鬱に沈んでいく。

あまりの精神的負荷のために理性的な判断力を失い、親へ毎日のように「とにかく帰らせてくれ」と電話しつづけ、親のほうもこちらの精神状態を察したのか渋々承諾、帰国の運びとなる。

ふつうなら高三の年の夏前に帰国。依然空っぽである。信じるべき何ものも持てず、すべき何事も見出せないまま、強烈な自己嫌悪と、周囲からの（主には親からの）圧力とで、憂鬱は深度を増し、もはや憂鬱すぎてこの頃にはあまり何も感じなくなる。感情を消失し、自分が消えゆくようなおぼろ気な予感のなかで、とりあえずは高卒認定試験の勉強、ついで大学入試の勉強をする。人間、感覚が摩耗すれば、その意味を考えることなく何かに没頭することも可能なのだと知る。

大学時代

なんとか合格した関西大学に入学。意味は見出せずとも、やはり合格通知が届いたときはうれしさを感じる。同時にそんな自分に嫌気がさす。依然ぼんやりした意識のまま、入学式に参加し、学舎を出たところで弓道部の勧誘に遭う。高校を二度やめたこともあり、自分が何も続かない人間なのではないかという疑念を晴らす試みとして、入部を決意。弓道が他のスポーツと比べて、明らかにラクそうであることも手伝った。

受験勉強をしていた頃のように、何も考えないためにひたすら弓道だけをする。気づけば三回生になる。練習は人一倍しており、成績も良かったから、流れで主将になる。その年に全国大会で団体準優勝を果たす（もちろん自慢だ）。

三年次の終わり、就職活動が開始される時期に、例の空っぽの自己がふたたび頭をもたげだす。弓道部での三年間の幸福な時間は、懸案を先送りにしていた産物にすぎず、憂鬱が再発。

四年次に休学を決意、というより、精神的に休学せざるをえなくなる。中学校時代からの大問題はなにも解決しておらず、手当たり次第にイベントのスタッフや企業への短期インターンをしてみる。そのほか、夢を描いてみたり、希望を持とうとしてみたりするも、かえって自身の性質との齟齬をきたし、憂鬱度はいや増す。

何をしても意味や価値や希望を見出せないまま絶望の淵をさまよい、思考は巡り、やがて「自然」に行き着く。地球はただ回っているのだと気づく。長い苦悩のすえにようやく、土の上に、希望も絶望もない活路を見出す。

四年次の夏のある日、畠を探そうと思い立ち、自転車に乗って方々を廻った結果、その日のうちに見つかる。畠を始める。とてもたのしい。

　五年次、復学するも、結局大学に行く意味を見出せず、大学に行けなくなる。翌春、退学届を提出する。かくして大学をやめるに至り、晴れて中卒の称号を獲得する。

＊

　わたしはずっと、自分が生まれ（受動態！）、物心つく頃には存在してしまっていたことに納得がいかなかったし、今もべつに納得しているわけではない。これほど一方的、暴力的に生を押し付けられて、タダでは済ませないと思っているだけだ。おとなしく生きたり死んだりしてたまるか。

　みてきたように、幼少期から世界との折り合いは悪かった。大体いつも憂鬱で苛立っていた。周りの人間にとりあえず反抗はしてきたが、彼らが悪くないことはうすうすわかっていた。それでも苛立たずにはいられないことにも苛立って、かといって自死することも癪であるから、世界に言いがかりをつけることにしたのだ。

自分を生みだした世界に落とし前をつけさせる——これ以外にわたしが生きる理由はないのかもしれない。わたしは仲間と雑誌『つち式』を作っているが、おそらく、その基調をなす「生の根柢から悦びを味わいつくす」という物言いはその別の表現だ。ただしこれは、「生まれたからには生きてやる」❖30とは違って、もっとヤクザ的なかんじである。田舎に移り住んで里山生活をはじめたのも、この不可解な生の手並みを拝見してやろうという動機からだった。

たしかに、わたしは社会的な「ロクデナシ」でもある。けれども、くりかえすが、わたしは社会を超えて世界を挑撥しているのである。

❖30 THE BLUE HEARTS『ロクデナシ』

着陸する

大学時代、自転車で走って畠を探すという無謀にもかかわらず、わたしが一日にして見つけられたのはある人と出会ったからだ。

二〇一二年の夏、その日は朝から実家のある大阪府富田林市をあちこち廻り、畠を探していた。畠をしたいと思い至ってから、わたしはネット等で知った自然農に惹かれ、畠をするならこのやり方だと決めていた。もともと祖父母が、耕し、農薬や化学肥料を使う一般的な方法（慣行農法）で畠をしていたから、それがどんなものかはおおまかに見知っていた。その畠の光景と比べて、ネットや書籍で紹介される自然農の畠の桁違いに生き物の多い様は、これしかないとわたしに思わせる力を持っていた。自然農の畠をするにあたり、畠の状態だけでなく、周囲の環境も重要な要素だと思っていたから、まわりに人工物や慣行農法の畠が少なく、生き物の多い場所がないか探し廻った。同じ理由で、家の畠はしたくなかった。

　山手の道を手当たり次第に走り、何箇所かはまずまずよさそうな耕作放棄地を目にした。しかしそうした場所は周りに人家がなく、当然借りようにも持ち主が誰かわからない。所有者を調べるには市役所にでも出向かねばならないのだろうか[31]、面倒だな、などと思いながら、とにかく走り廻った。気温が高く、汗だくになりながら夕方まで継続したのを覚えている。

　そんなにすぐには見つからないよな、とあきらめていた帰り道、家からほど近い、それまで行ったことのない細い道が目につき、行ってみることにした。山あいをしばらく進むと、谷が開けてきた。広場になっていて納屋のようなものが建つ場所があり、見ると外国人とおぼしい若い男性が竹か何かを運んでいた。気になって声をかけてみると、ちょっと待っててという仕草をされ、日本人のおじさんを連れてきてくれた。

「ここで何をされてるんですか？」

「私らは『富田林の自然を守る会』という団体で、ここで活動してます。君は何を……？」

「いやあの、畠を探してまして」

「ああそう。……あるけど見てみる？」

「え、ほんまですか」

「来なさい」

おじさんは「富田林の自然を守る会」の代表の田淵武夫さんで、その日は数日後にある国際キャンプの準備をしていたそうだ。[32] そうして紹介された畠は、団体で借り受けたもの

❖31 実際には、地権者を調べるには法務局に行く必要がある。

❖32 富田林の自然を守る会の活動は、人工林の間伐をはじめ、竹林整備、作物栽培、地域住民やワークキャンプ者の受け入れと多岐に渡るが、特筆すべきは行政への働きかけかもしれない。彼らの再三の要求によって、一二年後、市は自然保護に関する協議会を設立、市長の所信表明で初めて「自然保護」という言葉が使われたという。会の設立当時（一九八九年）、尾瀬沼などの「貴重な自然」保護への意識や活動はあったが、「足元の自然」もまた極めて貴重な自然であることが注目され始めていた。田淵さんらは大阪自然環境保全協会の活動を通じてその重要性に気づき、地道に活動してきた。「生物多様性」という言葉が少しは知られるようになった現代だが、時代が彼らに追いついたというより、彼らが時代を作った一人ひとりである。富田林の自然を守る会／公式ホームページ http://tondabayashinoshizen.g3.xrea.com/

の人手が足りず、毎年草刈りだけしていた耕作放棄地だった。まわりに人家はなく、雑木山とヒノキ山に挟まれ、生き物の気配も多く、望んでいたとおりの環境だった。これ以上ない場所だったため、その場で、やらせてくださいとお願いした（富田林の自然を守る会にも入会した）。

こうして大学休学中のわたしは、ファミレスでバイトをしながら、空いている時間は畠に通った。もともと田んぼだった土地のため、畝を立てるところから始めた。

やり方は自然農の本を見て学んだ。祖父母の畠を手伝ったこともあったから、鍬の使い方くらいは心得ていた。もっとも、自然農の畠で鍬を使うことはほとんどない。耕さないため、最初に立てた畝をずっと使うのだ。自然農は「耕さない」「肥料・農薬を用いない」「草や虫を敵としない」を原則とする。提唱者である川口由一の赤目（あかめ）自然農塾にも二回足を運んだが、要は何もしないということだろうと、せっかちでいい加減なわたしはそれきり行かなかった。自然農関連の書籍は沢山出ていたし、わざわざ遠いところまで教わりにいかなくても事は足りると判断したのだった。

夏に畠地を整備し、秋にいろいろな野菜の種を播いた。土地がそれほど肥えてはいなかったから、最初の冬野菜たちはソラマメをのぞいて満足に育たなかった。翌春に播いた夏野菜のうち、インゲンやオクラはよく育ったことを覚えている。申し分ない出来とはいえないながら、播いた種子が発芽し、徐々に育ち、それらを収穫して食べること、畠に住むさまざまな動植物たちの存在、手についた土の匂い、野良仕事で焼けて黒くなった肌、流れる汗、自分で育てた野菜を食べて生きている自分――それらは、それまで体感したことのないほど確かで、強く、深い悦びだった。

結局、この小さな畠をやったのは一年半ほどだったけれども、この間の経験はわたしの進む道を決定づけるのに十分だった。それまでの長く、暗く、苦い年月があっただけに、土に俯(ふ)す時間は、宮沢賢治の「花巻農学校精神歌」で歌われているとおり、陽光に照らされ、真実に感じられたものだ。

（一）日ハ君臨シ　カガヤキハ
　白金ノアメ　ソソギタリ

ワレラハ黒キ　ツチニ俯シ
マコトノクサノ　タネマケリ

（二）日ハ君臨シ　穹窿ニ
ミナギリワタス　青ビカリ
ヒカリノアセヲ　感ズレバ
気圏ノキハミ　隈モナシ[33]

そこに人工的な照明はなく、ただ「青ビカリ」のなかに高密度な時間があった。空の下、土の上で、わたしは蘇生していくようだった。

とはいえ、この頃のわたしは、サン＝テグジュペリの描くパイロットたちよろしく、困難な飛行を終え地に降り立った得意さに酔いしれていた。[34] 着陸して間もないわたしは依然浮かれていたのだ。それは、畠をする悦びというよりは飛行を終えた悦びであり、地に足がついたようでついていない状態だったと言わねばならないだろう。

それに、この頃の畠の経験は、今から思えば、お気楽な遊びみたいなものだった。なにを野菜を少し作っただけで充たされていたのだろうと可笑しくもあるが、あれは、時の不思議な時間だった。ともかく、土の上に見つけた活路の入り口で、わたしは魅せられてしまったのだ。先へ進まない手はなかった。
次第に、この農耕の愉しみを生活化するべく、地方への移住を考えるようになった。

❖33 宮澤賢治「花巻農学校精神歌」『新校本 宮澤賢治全集第六巻 詩5』(筑摩書房、一九九六)
❖34 例えば『夜間飛行』(堀口大學訳 新潮文庫)のこのような箇所――「発動機の回転をおとして、サン・ジュリアンに着陸しながら、ファビアンはあるもの憂さを感じた。人間の生活を和らげてくれるあらゆるものが、彼に近づきながら拡大されつつあった。彼らの家、彼らのコーヒー店、彼らの散歩道の並木、等々がそれだ。彼の気持ちは今、征服の日の夕暮れに、自分の大帝国の領土の上にうなだれて、人のつつましやかな幸福をそこに見いだした征服者のそれに似ていた」(一七頁)。

移り住む

二〇一四年の春、大学をやめてから、移住資金を貯めるために友人の伝手で神戸のとある仕事に就いた。働きながら、休みを使って関西圏を中心に移住先を探そうと思った。富田林の畠のときのようにためしにやってみるというのではなく、生活の拠点を探すのだから、じっくり吟味する必要があった。兵庫、岡山、京都、奈良の各地を巡った。

土地を見る際には、地形や立地や言葉を重視した。畠から一歩進んで田んぼもしたいと考えていたから、山が近くにありつつも平坦な土地がある場所でなくてはならなかった。立地という点では、買い物にそれほど苦労しないこと、友人の多くが大阪にいるため大阪からそれほど離れていないことも重要だった。それから、わたしは大阪の言葉に馴染んでいたから、大阪弁からあまり遠くない言葉がつかわれていることも外せない要件だった。

はじめて奈良県宇陀市大宇陀（おおうだ）を訪れたのは偶然にすぎない。職場の同僚の知り合いに隣の吉野町を案内してもらい、そのついでに大宇陀にも連れて行ってもらったのだった。吉野は山がちな土地で田んぼがなく、ここでは難しいと感じていたあとで見た大宇陀は、平地と山の混在する思い描いていたような土地だった。

それから何度か足を運び、大宇陀中を見て廻った。電車で榛原（はいばら）駅まで来てレンタサイクルを利用したこともあったし、大阪からレンタカーを利用したこともあった。大宇陀は昔の城下町を中心に、その周りに田んぼがあり、さらにその周りを小高い山々が取り囲んでいる土地だ。スーパーやコンビニもあり、電車の駅も近くにある。山と平地と町とのコンパクトな位置関係にも惹かれた。そうして、諸々の条件を勘案して移住先を大宇陀に決めたのだった。

しかし決めたからといって、もちろん自動的に家が見つかるわけではない。軽くネットで賃貸情報をあたってもみたが、一人暮らし用の物件はなく、家賃が五万円程度のアパートが幾らかあるばかりだった。そんな金はないし、だいいちアパートではおもしろくない。せっかく田舎に住むのだから、表には畠があって裏には山がある家に住みたいところだ。人口は減っているはずだし、空き家一件くらいはあるだろうと思った。

　問題は、いかにそうした一軒家を借りられるかである。大宇陀には知り合いもいない。富田林の畠を見つけたときのように、突撃してなんとかなるものではないと思われた。神戸の仕事は一年でやめて田舎に移り住もうと考えていたものの、移住の糸口を見いだせないまま年は明け、期限が近づいてきていた。どうしたものかと考えていた折、Facebookの通知がiPhoneに届いた。

　それは、友人の曽我部淳（そがべあつし）（以下あっちゃん）からのイベント招待だった。見ると、大宇陀の古民家に泊まる「焚火を囲む会」と書いてある。思いもよらない誘いだった。彼とは何度か、富田林の自然を守る会のキャンプイベントで会っていた。聞くと、彼はSave Forest X[35]（以下ＳＦＸ）という森林ボランティア団体のスタッフをしており、イベントはその団体の管理する古民家「森井邸」を利用したものだという。これは大宇陀移住の糸口になると踏んで、即刻わたしは参加する旨を彼に伝えた。

　当日到着してみると、森井邸は文字どおりの古民家で、相当な年月を経ていることが窺えた。昼間は同世代の参加者と裏山の竹林整備をして、夜は焚火を囲んで酒を飲んだ。そのときあっちゃんに、森井邸にはふだん誰も住んでないことを聞き、それなら管理人として住めないか上の人に口利きしてもらえないかと頼んだ。話はうまく進み、その後ＳＦＸの代表の鈴木ゴリさんとの面談を経て、森井邸の管理人として住めることになった。

そうと決まれば、車が要る。これまた伝手を頼って中古車を買い、二〇一五年の春、大宇陀に引っ越してきたのだった。そうこうして入居した森井邸は、蔵や風呂小屋は朽ちてとても使用できる状態ではなかったが、主屋はまだなんとか住めた。裏山の竹林で筍を掘り、家の前の畠でふたたび自然農的に野菜を栽培しはじめた。ここから、わたしの大宇陀での生活がはじまった。[36]

❖35　Save Forest X ／ http://saveforestx.org/

❖36　あっちゃんには心から感謝している。現在彼は鳥取で教員をしているが、毎年盆の帰省ついでに大宇陀に遊びに来てくれ、親交はつづいている。
思えば、富田林で畠をしていなければあっちゃんとは知り合えていなかった。ということは、これほどスムーズに大宇陀に移り住むこともできなかったということだ。そう考えると、よく自転車で畠を探そうと思い立ったものだと、大学休学中の自分を褒めてやりたくもなる。また、そのようなわけのわからない者を受け入れてくださった富田林の自然を守る会の田淵さん、森井邸の管理人として受け入れてくださったＳＦＸのゴリさんにも感謝している。

紛れ込む

田舎に生まれ育った者が、好んで都会に出ていくことは多い。田舎に残ったとしても、ほんとうは都会に住みたいと思っている者も多いだろう。大学時代から奈良に移住するまでのあいだ、わたしも都合五年ほどは都市部に住んでいたが、実家を出ていたその期間は非常に気楽だったことを覚えている。

わたしの場合、おおざっぱにいえば田舎→都会→田舎という経過を辿ったことになる。都会から再び田舎に向かったのは、都会よりも愉しい場所を求めてのことだった。元の同じ田舎に、つまり出身地に戻らなかったのは、家族をはじめとした人間関係に再び埋め込まれたくなかったからである。異種関係を重視するわたしは、異種関係を豊饒化する手段として人間関係を捉えはじめていた。そのためわたしを、かつてわたしが人-間であった時の役回りに引き戻すような人間関係は邪魔であり、そのような関係の強固に残る地元は、田舎といえども端から選択肢にはなかった。要するに、わたしの田舎への移住には出身地での経験が大きく関与してはいるが、それは人間関係ではなく異種関係の経験だったということである。

とはいえ、田舎はどこでも、人口こそ少ないものの人間関係は逆に密な傾向にある。それまで人間関係で苦悩の絶えなかったわたしには、田舎出身者が都会を好むのも理解できる。たしかに密な人間関係は、移住にあたって懸念事項ではあった。だが、集落ごとに差はあるにせよ、大宇陀はさほど濃い人間関係がある土地ではなかった。それに、この頃にはわたしもオトナになったのか人-間での立ち回り方を心得ていたから、表面的な人間関係上のことは物の数ではなかった。

それでも、依然わたしは多くの人間と深く関わりたくはない。友人は数人いれば十分だ。「なくてもともと／一人か二人いたらば秀／十人もいたらたっぷりすぎるくらいである」[37]。基本的には一人で異種たちのあいだで過ごしたいと思っているから、出身地ではな

❖37 茨木のり子「友人」『おんなのことば』（童話屋、一九九四）一三六頁

い田舎はわたしにうってつけだったのだ。

さて、うまい具合に大宇陀に移り住めたはいいが、こんどは仕事を探さねばならない。SFXの活動に関わってはいたが、その報酬とは森井邸に住まわせてもらうことであり、生活していくには別に稼ぎ口が必要だった。

大宇陀にはコンビニがあるから、いざとなればコンビニ店員でもやればいいと考えていたものの、わざわざ田舎に来たのにそれではおもしろくない。それに奈良県は最低賃金が低いため、いきおいコンビニの時給も低く、とても働く気にはなれなかった。

SFXのフィールドは大宇陀内でもう一つあった。森井邸とは別の集落にある森下正雄さんの棚田で米作りを行っていたのだ。一応はSFXのメンバーだったわたしも関わることになる。最初は団体の活動日に足を運ぶだけだったが、そのうちに森下さんから、近くに住んでいるなら個人的に手伝ってほしいことがあると持ち掛けられた。

わたしが知り合った時すでに八九歳だった森下さんは、大きな古民家に一人で暮らしていた。一方、わたしは右も左もわからない状態で大宇陀に飛び込んできていたのだった。

つまり、互いに助け合えるものを持っていた。森下さんから里山生活の知識を教わるかわりに、わたしは主に労働力を提供した。家の周りの草刈りや庭木の剪定、診療所からの運転手などである。

　そうして森下さんに目をかけていただくうちに、彼の住む迫間（はさま）集落の他の人にもわたしの存在は知られていった。折しも田畠の周りに防獣柵を張る出合い（村の共同作業）があり、それに参加したことも認知を後押しした。森下さんの代理で出たことで信用を得られたのか、材木屋をしている人に誘われて仕事にまでありつけた。そこでは三年ほど働いたが、金銭面で大いに助かったのを覚えている。

　ただし、賃仕事はあくまで賃仕事であって、わたしが大宇陀に来たそもそもの理由は田畠をして食糧をある程度自給することだった。そのため賃仕事は週三ほどにおさえて、他の日は野良仕事に精を出した。

　迫間に巡り合えたのはほんとうに幸運だった。迫間は大宇陀の他の集落と比べて戸数が少ないうえに若い人が少なく、また婿養子で来た人が多いこともあってか開放的で、わたしの村への参与を歓迎してくれた。ＳＦＸが何年も前から関わっていたことも影響しているだろう。森井邸のある集落は若干閉鎖的で、村入り（自治会へ入ること）を許されなかっただけに、自然と迫間への出入りが多くなり、わたしの活動の拠点となっていった。

そして現在、わたしは迫間の住人だ。村ではわたしが事実上最年少であり、たとえば出合いで草刈りの時などは一番厄介なところを担当する。それくらいのことは何でもない。今までこの村を育んできた人たちのことを思えば、これはただの順番である。それに、少しくらい張り合いがあるほうがこちらの腕も鳴るというものだ。

森下さんとのあれこれ

森下さんとわたしの間柄を言い表すのはむずかしい。師匠と弟子というほど強固な師弟関係はなかったし、比喩的な意味でおじいちゃんと孫というような馴れ馴れしさも当たらない。もちろん血のつながりはなく、歳は六五年離れていた。名指しがたいながら、わたしがこの関係から多くを得たことは確かだ。

森下さんは、平日は毎朝診療所に通っていた。わたしの仕事のない日は、一〇時頃に診療所近くの道の駅で待ち合わせ、喫茶スペースでコーヒーを飲んで車で送るというのが習慣となっていた（行きは介護タクシーを利用された）。そのあとの時間、わたしは借りた田んぼをしたり、森下邸まわりの草刈りをしたりした。夕方には、その日仕事があってもなくても森下邸に顔を出すのが日課となっており、そこで一緒にお茶を飲みながらいろいろな話をしたのが懐かしい。戦争の話や森下さんの若い頃の話など多くのことを聞いたが、なかでも興味深かったのはやはり生き物たちとの話だ。

わたしは出くわしたことがないけれども、草むらで雉（キジ）のメスが卵を抱いていることがあるという。大宇陀のある人は、一度草刈り中にそれと気づかず刈払機で切りつけてしまったと言っていた。そいつは切りつけられてさすがに逃げ出したそうだが、一般に抱卵中のメスはなかなか動こうとしない。それだけ卵を大事にしているのだろう。森下さんも一度、草むらに座った雉がしきりに鳴いて威嚇するのに行き当って、草刈りを中断して帰ってきたことがあるという。またあるとき、残された雉の卵を発見して持ち帰ってきたそうだ。昔、田舎の家ではどこもそうであったように、当時森下家でも鶏を飼っていた。そこで鶏に抱かせてみようと抱卵箱に雉の卵を置いてみると見事孵り、鶏にこのまま育てさせようと思っていたところ、ほどなく息絶えたという。曰く、鶏は親が呼ぶと雛は前に集まるのに対して、雉の雛は親の後ろに集まる。くわえて、鶏はよく足で地面を掻いて餌を探す習性がある。そのため、鶏の親の後ろに集まった雉の雛たちは悉く蹴られて死んでしまったのだ。

森下さんが子供の頃に牛に投げ飛ばされた話もある。トラクターが出てくる以前、この辺の人々は田んぼを耕すのに牛を使役していた。自前で飼っている人は少なく、多くがその時期だけ牛を借りてきた。古い家では玄関を入って左右どちらかに応接間があるものだが、そこはかつて借りてきた牛を泊める部屋だったという。森下家では決まって良い餌をやってもてなした。というのも、良いものを食わせてやればよく働いてくれたからだ。耕してもらうとき、最初は人間が牛にコースを教えるのだが、そのうちに牛のほうが上達して、人間が牛に付いていくようになる。それで森下さんがおもしろがって牛の横に付いて見ていたところ、帯に角（つの）を引っかけられて投げ飛ばされたという。瞬間なにが起こったのかわからず、気づけば棚田を二段ほど下ったところにいたそうだ。「おそらく目障りだったのだろう」と。「牛の力をもってすればわしに手ひどく怪我を負わすこともできたはずだ、それを子供相手に手加減してくれたのだろう」とも。

　フクロウの雛を見つけて飼っていた話も聞いた。雑食の鶏と違って肉食のフクロウを育てるのは大変だったという。近所の肉屋でクズ肉をもらってきては餌に充てたそうだ。苦労してなんとか成鳥にまで育てたフクロウは、しかし、家の前で足を鎖につないでいたところ、飛び立つ仕草をくりかえすようになった。それを見て野にかえしたそうだ。

またこれは、わたしが何か木を植えたいと相談した際に聞いた話だ。かつてニッキの木が敷地内に植わっていたらしい。ニッキといえば、京都の土産「八つ橋」が有名だろう。ニッキの根はシナモンに似た風味を持つ香辛料になる。戦後間もない頃、どうやって嗅ぎつけたのか、小学生が大挙して押し寄せ、おやつ代わりに根を掘りまくったため、ほどなく枯れてしまったという。菓子もない時代だから多めに見ようと、森下さんは咎めなかった。「それならニッキを植えましょう」とわたしが言うと、森下さんが「今はネットという便利なもんがあるんやろ？　それで注文してや」と仰ったので、苗木を取り寄せ一緒に植えた思い出がある。

森下邸の前には今は砂利が敷き詰められているのだが、当時は芝生が植えられていた。わたしが夕方訪ねると、森下さんはよく芝生の手入れをしていたものだ。この芝生は、森下さんが大阪で働いていた頃に、道路の中央分離帯から盗ってきたものだと教えてくれた。戦後すぐに都会では燃料が足りないと踏んで、近くの材木屋で挽粉（ひきこ）をもらい、それを大阪の銭湯に売り歩いて荒稼ぎした話も聞いた。この世代の人に共通する特徴かもしれないが、森下さんは逞しい人でもあった。とにかく「昔はいろいろやった」という。

――と、森下さんから聞いた話を思いつくまま挙げてみた。生き物の登場する話のなんと多いことかと思う。それを目がけたわけでなくとも、それだけ異種たちが身近にいたし、おそらく精神的な距離も近かったのだろう。こういう話を懐かしんで消費するだけではいけない。生き物との話をわたしもどんどん紡いでいきたい。

森下さんにはさまざまな術（わざ）も教わった。知り合いはじめの頃、九〇歳とはいえ森下さんはまだ相当元気で、手取り足取りさまざまなことをやってみせてくれたものだ。

特筆すべきは畦塗りだろう。現代では、田んぼに水を溜めるために畦にプラスチック製の畦板を埋め込んだり、畦塗り機で塗ったりする。だが、当然昔は備中鍬と平鍬を使って畦塗りをしていた。わたしはいかに便利な器具を使わずに自力で米を作れるかというところに拘っていたから、昔ながらの畦塗りを教えてもらえるのはありがたかった。しかも森下さんの畦塗り法は、森下さん自身も昔近所の人に教わったもので、しっかりした畦を作れるやり方だった。二段式畦塗り法とでもいうべきそのやり方は、おそらく現代ではやっている人はきわめて少ないだろうし、工夫すれば個人で編み出せなくもないとはいえ、できる人も限られているだろう。森下さんが、農業が機械化される以前を知っている世代で、性格も几帳面なうえ、専業農家でなかったからこそ残存していた方法だといえる。

またあるとき、森下さんに藁縄（わらなわ）の綯い方を教わったことがある。胡坐（あぐら）をかき、藁を二、三本ずつ二つに持って、端を足で踏んで両手をうまいこと擦り合わせて綯っていくのだ。よく晴れた日で、陽だまりの中「こうするんだ」[38]とやってみせてもらったときの光景はやけに輝いて思い出される。森下家は裕福だったからだろう、「わしは草鞋（わらじ）の作り方は知らん」と仰っていたが、縄を綯うその手つきの滑らかさには見惚れた。見様見真似でやっている途中、郵便配達員が来た。現代にもなって家の前で藁縄を綯うわたしたちの姿はさぞ奇妙に見えたのか、怪訝そうな顔をしていた。そういえば、藁縄で干し柿を吊るせばカビることはない、というのもこのとき教わったのだった。藁に住む菌がカビ菌を寄せ付けないのだという。

他にも、木を伐ってみたいといえば、近くのヒノキ林で斧と鋸（のこぎり）で伐る方法を教えてくださった。鶏を飼いたいといえば、あそこに鶏小屋を建てればいいと、敷地内の空いているところを提供してくださった。森下さんと出会っていなければ、縁もゆかりもない田舎に移り住んでこんなにも早く、順調に里山生活をおくれてはいなかっただろう。

生き物との物語を紡ぐには彼らとの関係を作らねばならないし、関係を作るにはそれ相応の場と技術が要る。痛感するのは継承の重要さだ。わたしはかろうじて森下さんからさまざまなことを受けとるができた。しかし、継承といっても血縁は関係ないだろう。事実、森下さんとわたしに血のつながりはないし、むしろそれゆえにいい距離感でうまく回っていたともいえる。さらに、継承は同じものの再生産を意味しない。状況は刻々と変わるのであって、同じことをくりかえすこと自体が肝要なのではない。ここでいう継承とは、多くの者を育み、生き物たちとの物語の生起しうる土壌を育みつづける営為のことだ。継承の積み重なりが堆肥となり、有形無形の作物を結実させるとわたしは信じる。

森下さんはわたしにとって、昔話を聞かせてくれる翁(おきな)であり、野良仕事の伊呂波(いろは)を指南

❖38 森下さんは大宇陀で生まれ育ったはずなのだが、なぜかものを教える時は「こうするんや」ではなく、標準語的にこう言っていた。

してくれる先生であり、また、よき理解者でもあった。

自然農の畠は一見野原と違わないから、近隣の人に嫌がられるのはよくある話だ。にもかかわらず、わたしが自然農的に田畠をしたいと相談してみると、森下さんは快諾してくださった。その際、自然農の提唱者である川口由一が、妻子ある身でありながら、最初一〇年ほどは無収入で先祖の遺産を食い潰して自然農を追求した話[39]をしたところ、森下さんが「すごいなあ、人間それくらいせなあかん」とおもしろがって背中を押してくれたことは忘れない。

森下さんは惜しくも二〇一七年の夏に逝去された（享年九二）。

現在わたしは、森下さんのご子息である全啓（まさひろ）さんに森下邸の離れを借りて住んでいる。田んぼと畠もひきつづき借りているし、敷地内に建てさせてもらった鶏舎で鶏たちも飼いつづけている。

❖39　川口由一、辻信一『自然農という生き方 いのちの道を、たんたんと』（大月書店、二〇一一）四〇—四一頁

秋

九月、残暑をやわらげるような白く涼しげな花が咲く。ニラの花だ。あの葉っぱの独特の臭いからは想像しがたい清楚さに目を見張る。彼らを植えた覚えはない。最初は森下さんが植えたのだろう。わたしが越してくる前から生えており、毎年何もしなくても勝手に生えてくるのだ。そして、やはり何もしなくても他の草に伍して大きくなる。限りなく採集に近い農耕をさせてくれる気前のいいやつである。

気前のわるいマコモタケも上がってくる。春に前年の株を掘って切り分け、肥えた水田に植えてやらなければ、マコモは満足に実りを差し出さない。そこまでして収穫できたとしても、一息に出てきてひと月足らずで終わってしまう。採り遅れると食感や味が落ちてしまうから毎日のように収穫しなければならないが、もともと味に際立った特徴があるわけでもない。癖がなくて食べやすいということもできるが、それが労力に見合う報いであるかといえば、甚だ微妙なところだ。最初は、稲が巨大化したような草姿への好奇心から植えたのだった。絶やすのはもったいなく感じられて毎年少しだけ作ってはいるものの、稲の栽培に欠かせない水田をこのまま割きつづけるべきか思案している。ちなみに「実り」と書いたが、マコモタケはマコモの実ではなく、黒穂菌(くろぼきん)の寄生によって肥大した茎である。

うろこ雲がたびたび現れるようになった空の下で、大根の種を播く。大根には、白い根の部分が地表に出てくるものとそうでないものとがあり、葉は寒さに強いものの、根は凍てるとダメになってしまう。そのため、本格的に寒くなるまでの年内消費用としては根が半分ほど出てくる大蔵大根、年が明けてからの厳寒期消費用としては根が出てこない三浦大根の二種類を作っている。根が出てくるタイプであっても、寒さが到来するまでに葉を落として土に埋めて保存することはできるが、無精なわたしには向いていないと判断した。それに、そうすると葉っぱを長く愉しめないという側面もある。三浦大根であればそのまま畠に生やしておいて、食べたいときに食べたい分を抜いてくればいいだけだ。では大蔵大根は作らなくてもいいかといえば、そうではない。大蔵大根は三浦大根より早く太ってくれるし、幾分おいしい気がする。根が出てくるので、作土の浅い場所でも栽培できる。

同じ時期にはニンニクも植える。ニンニクは肥料食いで、肥えた土でなければ十分に育ってくれない。だから栽培予定地には、夏場は何も植えずに刈草をひたすら積んで腐らせておく。彼らは、九月に植えて翌年の六月にやっと収穫できる。つまり、できるまでには時間も要するのだ。とはいえ、冬場は他の草に邪魔されることがないし、暖かくなって春の草が伸びてきてもその頃には負けないくらいに成長しているので、栽培期間中には大して手間がかからない。買おうとすれば国産ニンニクは高級品である。草を多く積んでおきさえすれば作れるのだから、せっせと積まない手はないだろう。

そうこうするうちに彼岸花の咲く頃合いだ。ところどころに真紅の火が灯された棚田は、いつにもまして妖艶な雰囲気を漂わせる。そんな光景に目を細めつつも、あいかわらず草刈りが忙しい。高齢化が進むこの地域では草刈り仕事を頼まれることも少なくなく、あちこちに刈払機を担いでゆく。仕事が混んでくるとさすがに苦しくもあるが、野菜と違って草を育てる必要はなく、勝手に生えてくるものを刈るだけで賃金が得られるのは、考えてみればオイシイ話だ。くわえて、草刈り場はイナゴが捕れる猟場でもある。ニックたちにとって恰好の蛋白源であるイナゴも、土地の持ち主にとってはどうでもいい存在であるから、捕獲の許可をとりつけるのは簡単だ。猟場が多くあれば、一カ所で捕りすぎて絶やしてしまうということもない。

　イナゴと一口に書いたけれども、コバネイナゴをはじめ、ツチイナゴ、オンブバッタ、ショウリョウバッタ、ニシキリギリス、クビキリギリス、エンマコオロギなど沢山いる。草刈りを済ませた野原に彼らの隠れ場所はなく、五〇〇ミリリットルのペットボトルなど直(じき)にいっぱいにすることができる。それでもニックたちの前に放てば、掃除機のようにあっという間に吸い込んでいく。特にショウリョウバッタのメスやニシキリギリスは大物で、わたしも見つけたときはうれしくて草刈り中でも一旦刈払機を置いて捕りにいってしまう。虫網など使う必要はなく、手掴みで十分だ。ただし、キリギリスは鋭い顎(あご)を持っているので、噛まれるとけっこう痛い。

　九月下旬、畠では枝豆が獲れだす。毎年この時期になれば、大量の枝豆だけで酒を飲む「ひだぎゅう祭り」をしている。収穫して枝から莢を外すのに一日を費やすほどの量を茹でて皿に盛れば、いくら食べても底が見えてこない。一度にこれだけ貪れるのは自給者の特権だろう。当然途中で飽きて、食べきれなかった分はニックたちの餌になる。ひだぎゅうたちは大豆にまで完熟させて味噌にもしなければならないのだが、枝豆で食べる欲望には抗いがたいものがあるので仕方ない。だいいち、そこそこで我慢するというのがわたしは嫌いだ。ひだぎゅうを枝豆としても大豆としても十全に消費するべく、空いている畠には手当たり次第に植えてある。それが可能なのは、彼らの共生微生物である根粒菌（こんりゅうきん）に負うところが大きい。根粒菌が空気中からひだぎゅうの栄養となる窒素を土中に取り入れてくれるため、こちらが肥料を施す必要がないのだ。逆に、肥えた土では葉っぱばかりが茂って肝心の豆があまり付かない。しかも、マメ科の野菜は種をきちんと土に埋める必要もない。湿り気のある土に触れていれば簡単に発芽するから、播種に時間もかからない。

マメつながりでいえば、秋に播くエンドウも同様に栽培容易である。蔓(つる)が出るため支柱を立ててやるのが一般的であるけれども、要は蔓を巻かせるものがあれば事は足りるのであって、わたしのところでは獣害防止に張ってある鉄柵(ワイヤーメッシュ)を利用している。柵のもとに点々と種を落とせば、あとは放っていても育つ。豆ごはんにするのが毎年の愉しみだ。

それにつけても、マメたちの政治力には感心せざるをえない。おそらくマメ科植物は、養分の少ない土地でいち早く繁栄するために根粒菌と手を結んだのだろう。そのうえでマメ科の作物たちは、栽培のしやすさと栄養価の高さをちらつかせて人間をもそそのかしたのだ。そうして相互に深く依存し合う関係はできあがった。たとえば、今や日本の食文化において大豆の存在感は尋常ではない。味噌や醤油をはじめ、納豆、豆腐、油揚げ、きな粉、豆乳といった、食への深く多岐にわたる食い込みに鑑みれば、もはや彼らなしでは生活が成り立たないと思われるほどだ。ヒト―大豆―根粒菌はすでに分かちがたく結びついており、今さら後戻りはできない。とすれば、わたしたちヒト・大豆・根粒菌は、独立した三者というより、癒着体とでも呼ぶべき何かなのかもしれない。
とはいえ、癒着はこの三者に限った話ではない。どんな生物であれ多くの生物が織りなす生態系を前提しているし、生態系はそれを構成する生物たちを前提している。つまり、ある生態系において、そこに生きるすべての生物は、互いに多かれ少なかれ癒着しているのである。であれば、ヒト-大豆-根粒菌などの共生的様態は、癒着のホットスポットであると解することができる。

さて、一〇月後半になれば稲刈りだ。田んぼでたわわに稔ったほなみちゃん──彼らこそ、わが熱い癒着地帯／痴態における最大の立役者であり黒幕である！──の根元に鋸鎌を滑らせる。刈った束を稲木のところまで運ぶとき、肩にかかる重みでこれまでの働きが報われる思いがするし、担いだほなみちゃんから香る青い匂いで一発卜べそうだ。稲に触れた部分はかぶれて痒（かゆ）くなるが、それさえうれしいものである。この多幸感は、まったくもって合法的であり、何らの文明の利器をも必要としないにもかかわらず、比類を絶する。

ひだぎゅうとは対照的にほなみちゃんは非常に手がかかる。それでもわたしは労を惜しむつもりはない。というのも、ほなみちゃんがわたしの主食だからである。主食であるほなみちゃんは、わたしにとって、他のどんな作物、どんな生物よりも特別な存在だ。ひだぎゅうやニックも重要ではあるが、ほなみちゃんには遠く及ばない（いわんや人間をや）。わたしは夏場、毎日棚田を見廻って、ほなみちゃんとの逢瀬をかさねてきた。畦を塗って水を溜めてあげたし、田の面に這いつくばって植え渡してあげたし、炎天下でほかの草たちを除いてもあげた。ほなみちゃんは他の何よりも、わたしの生身を作り、力をあたえてくれる存在なのだから、これくらいのことは何でもない。ほなみちゃんに手をかけること、その時間が、わたしの愉しみ、しあわせなのだ。これを、少々骨が折れるからといって放棄したいとは思わない。わたしはほなみちゃんに、生育するための助力として長時間労働を差し出し、ほなみちゃんはわたしに、生存するための食糧として自身の子供を差し出す。これほど爛れた癒着関係もあるまい。

　わたしの生活は彼らを軸に回っているようなものだ。煎じ詰めれば他の仕事も、ほなみちゃんとの生活に興を添えるためにあるとさえいえるだろう。しかし逆に、稲作生活をするための水田や、稲作周辺の仕事によって作り出される場は、里山のさまざまな生物が生きるためのインフラでもあるのだ。――いや、この言い方は稲作を美化しすぎだろうか。たしかに、どんなものであれ稲作は、稲に糸を引かれた人間による環境撹乱に違いなく、その意味で生態系に大きな混乱を引き起こしもする。だが歴史的に見て、図らずもそれが他の生物にとって適応可能な程度で為され、また長く続けてこられたために、結果的に稲作という営み自体が一つの環境――それも生物多様性に富む環境――と化したのである（現代主流の稲作はこの限りではないが）。つまり、わが棚田の水生生物をはじめとする無数の生物たちにとっても、もはやほなみちゃんはなくてはならない存在なのだ。ほなみちゃんを思うとき、「魔性の女」という言いまわしを想起せずにはおれない。

　稲刈りをしていると、ほなみちゃんの上にカヤネズミの巣を見つけられる。

草で巧みに編んだ毬(まり)のような巣は見事だ。カヤネズミにとって巣作りに適した場は稲に限らないものの、だからこそほなみちゃんが選ばれたことはうれしい。それに、彼らが生きていくためには食糧となるさまざまな草の種や小さな虫がいなければならず、小さなカヤネズミの存在は、周辺の生物相が豊潤であることを物語っている。❖40 もっとも、彼らは警戒心が強いのか、めったにその姿を見せてはくれないが。ともかく、わたしは多種と共に作物だけでなく生態系をも作っているのだ。その事実は、素朴にわたしの生を触発する。誰かに認められるよりも、多くの生き物たちに生きられるほうが余程悦ばしいことだ。

ただし、それはもちろん、わたしの生活が脅かされない限りにおいてである。二〇一九年の秋には、イノシシの襲撃を受けてほなみちゃんはほぼ全滅した。鉄柵の破られた箇所をその都度補強しても、次から次に新たな穴を空

❖40 畠佐代子『すぐそこに、カヤネズミ 身近にくらす野生動物を守る方法』(くもん出版、二〇一五)参照

けられ、日々喰い荒らされてゆく田んぼを前にわたしはあまりに無力だった。二〇一五年に柵を張ってからそれまでは被害がなかったから、油断していた。イノシシたちはずっと侵入の機会を窺っていたのだと思う。完敗だった。里山にはさまざまな生物が生きており、なかには強大な力を持つ生物もいる、という当たり前のことを忘れるべきでないと思い知った。彼らは彼らとして生き、わたしはわたしとして生きて、接触すれば無事では済まないだけだ。この事件でわたしは、自分の迂闊さを悔やんでいる。しかし、イノシシへの怒りも捨てはしない。闘わなければ、自分を、ほなみちゃんを、ひいては生態系を育めはしない。怒りはその燃料になる。

ところで、里山の秋を彩るアケビやヤマノイモも忘れてはならないだろう。どちらも蔓性の植物で、木や鉄柵によく登っている。アケビの葉は楕円の五枚葉、もしくは浅く緩やかな切れ込みのある三枚葉で、ヤマノイモの葉は細長いハート型をしている。アケビはあらかじめどこに生えているかを覚えておく。

アケビの実は非常に甘く鳥の好物でもあるから、うかうかしていると先を越されてしまうのだ。ヤマノイモのムカゴにその心配はない。彼らは日当たりのよい目立つところに生え、秋には鮮やかに黄葉するため、そのときになったほうが見つけやすい。アケビの実はわたしやニックのおやつになり、ムカゴは米に混ぜて炊けば旨い。

アキノキリンソウやリンドウが咲いて一一月に入る。どういうわけかこの時期にはトゲナナフシによく出くわす。クサギカメムシ（この辺ではオガと呼ぶ）が越冬するために家に侵入してくる時期でもある。それをカマキリが待ち構えており、捕まえてバリバリ食べる姿も見られる。

畠では落花生の収穫期だ。彼らの実の生り方は奇妙で、地上の茎からでた蔓が下方に伸びて地面に突き刺さり、地下に莢をこしらえるのである。実は茹でたり炒ったりしてもいいが、わたしは落花生ごはんを推したい。あのなんとも香ばしく少し洋風な味は絶品だ。生の落花生はなかなか出回らないから、これも自給の醍醐味といえるだろう。

稲木に掛けていたほなみちゃんの脱穀もする。足踏み脱穀機で籾（もみ）を落とし、唐箕（とうみ）にかけて空の籾や細かなゴミを飛ばす。あとは籾摺りできる含水率になるまで、筵（むしろ）に広げてさらに乾燥させるだけだ。つづいて、完熟したひだぎゅうを株ごと引いてきて、二株ごとに根と根を結び、やはり稲木に掛けて干す。この頃には日当たりのいい場所が限られてくるから、稲木を横に伸ばすのではなく、上に重ねてゆく。するとけっこうな高さになり、もはや壁である。振って莢の中でカラカラと音が鳴るくらいになれば、ほなみちゃんと同様に脱穀する。

ここまでくれば、その年の仕事はおおかた片付いたようなものだ。もちろん明確な区切りがあるわけではなく、冬には冬の仕事がある。ただ、期限に追われるような仕事はしばらくなくなるということだ。少し息をつきながら、接触してきた生き物たちを思い返せば夥しい。わたしが殺した者もいれば生かした者もいるし、ちらっと一瞥しただけの者もいる。彼ら全員が、直接間接にわたしを生かしてくれたわけだ。けれども、これは特別なことではなく、しごく当たり前のことだから、いたずらに感謝の念を抱いたり感傷に浸ったりしないでおこう。わたしはただ人間としての仕事を、生を為し、やがて死んで他者の餌になるばかりである。当たり前のことだ。ここには悦びだけがある。

第四章

〈土〉への堕落

すべて人-間の価値は疑いうる。一方、太陽系や生態系はひとまず疑いようがない。これらの系（system）は、もし社会のあらゆる価値を否定し尽くしたのちもなお、わたしたちが否応なく依って立つほかない〈土〉groundである。

人-間の価値は、おしなべて不確かで空虚で軽く切実さに欠けるものの、だからこそ〈土〉の重力からの自由という魅力としても感覚される。しかし、どれだけ覆い隠そうとも人-間自体が〈土〉に支えられるしかない以上、その幻影的な魅力に安住することは、まるで空中に留まるかのように困難である。欲望を切り詰め、信仰心を育むならば、あるいはそれも叶うかもしれないが。

人-間ではなく〈土〉に立脚することをわたしは選んだ。厳しく甘く汚く美しい〈土〉に直接して生きるには、人-間に在るときよりもはるかに強靭で柔軟で狡猾で鋭敏でなければならないし、多くの生物との生臭い戦闘や交渉や癒着の必要もある。命がけのスリルと悦びがともなう〈土〉における生は、切実にして愉絶である。

ハラウェイの com-post 発言は、人間が生きながらに堆肥化する道を拓いた。とはいえ、わたしたち人間が堆肥然と振舞えているとはいいがたい。わたしたちがしてきたことといえば、育てるどころか損なうことばかりである。ふたたび、堆肥とは〈育まれ育む〉存在である。その意味で、異種たちを十分に育まずして堆肥を名乗ることはできない。

第二章では、人間の道徳的腐敗の抑制ではなく貫徹によって生物学的腐敗に合流できることをみてきた。だが、生半可な腐敗では人-間を補強するばかりで堆肥にはなれない。人間が堆肥になるために、わたしはまず、坂口安吾の言葉を借りて「生きよ堕ちよ」[41]と言いたい。ここで腐敗＝堕落するということの意味は、人-間から異種たちの犇めく〈土〉へ降り立つということである。

❖41　坂口安吾「堕落論」『堕落論・日本文化私観 他二十二篇』（岩波文庫、二〇〇八）二二七頁

我々は［中略］「健全なる道義」から転落し、裸となって真実の大地へ降り立たなければならない。我々は「健全なる道義」から堕落することによって、真実の人間へ復帰しなければならない。

天皇制だの、武士道だの、耐乏の精神だの、五十銭を三十銭にねぎる美徳だの、かかる諸々（もろもろ）のニセの着物をはぎとり、裸となり、ともかく人間となって出発し直す必要がある。[42]

しかし、これまた坂口が鋭く指摘するように、人間は「堕ちぬくためには弱すぎる」[43]のかもしれない。人類とて動物なのであって、つまるところ人生とは、せいぜい食って寝て排泄するだけの話であるのだが、とかく人間はそれだけでは満足できないようで、安易に人生の意味や沿うべき教えを求めてしまう。しかし、大地に立って裸のまま生きることへの不安を下手に解消しようとしては、ふたたび人‐間の諸価値に絡めとられるだけだ。だいたい、実在の大地に立って生きている者が現行の社会において何人いるというのだろう。端から間接的で代償的な人-間に生まれ育ち、〈土〉に直接して生きたこともないうちから、人-間における生を再生産しつづけているのが現状だろう。

考えてみれば、自立した個人にとって同種他個体が必要なのは、再生産のためだけである。個人の生存にとって常時必要なのは、同種ではなくむしろ異種たちの存在である。したがって、個人にとっては異種たちとの関係のほうが桁違いに切実であるはずで、異種関係をよりうまく結ぶためだけに同種関係はあるといってもいいくらいなのだ。にもかかわらず、高度に分業化し、そのため個人の生が幾重にも間接化された社会では、同種関係のほうがより重要だと感覚されるのが慣例となる。

分業は、個人の生の効率を向上させる。が、分業が高度化することで、本来異種関係に張られるはずの個人の存立の根は、同種関係に張られることになり、それが自明視される

❖42 坂口安吾「堕落論〔続堕落論〕」『堕落論・日本文化私観 他二十二篇』（岩波文庫、二〇〇八）二三八―二三九頁

❖43 坂口安吾「堕落論」『堕落論・日本文化私観 他二十二篇』（岩波文庫、二〇〇八）二二九頁

におよんでは、もはや生の効率化などといった目的は消え失せ、生きることは同種間でうまく立ち回ることでしかなくなる。いきおい、どこまでいっても異種によって支えられるしかない個人の生は迫真さを失い精彩を欠く。

満ち足りない人間の生は、新たなものを次々に求める。おもしろさを目当てに人‐間内のユニットからユニットへと飛翔をくりかえす。ところが、新しいものはすでにないという指摘もある。たとえば千葉雅也は、著書『勉強の哲学』についてのインタビューでこう分析する。

> 90年代までは、文化のデータベースをつくっていく時代で、まだまだコードの外に新しいものがあると期待することができました。しかし2000年代を経て、ありとあらゆる可能性が出尽くしてデータベースに登録されてしまい、大体の物事はパターンの組み合わせだという見切りがついてしまった。❖44

各時代で支配的な「コード（鋳型）」に馴染めない、あるいはそれを退屈に感じる者たちが、その外に新たなコードを探求してきた。しかし、時代を経るごとにさまざまな可能性が踏破され、もはや未踏の地はなくなってしまったのだという。千葉は、それでもなお、脱コード化としての「勉強」をとおして新たなコードを創出してゆく楽しさを提案する。納得できなくはないが、現代人の直面する閉塞は、上でみた「生の間接化」に端を発しているとわたしには思える。そもそもが間接化された生の上のことであれば、いくら手をかえ品をかえおもしろさの変種を発明したところで、どれも高が知れているというものではないか。

肝要なのは、飛翔する以前に、根をおろす先を再考することである。なぜなら、飛翔のおもしろさが失われる要因は、飛翔によって得られる目新しさの喪失というよりも、その飛翔先――つまり次なる着陸先が、結局は人-間という限定された代償的土壌のどこかでしかないことだ。試みられる文化のおもしろさが新奇性をその条件にしなければ成り立た

❖44　千葉雅也「「新しい価値をつくる」のは、もう終わりにしよう。哲学者・千葉雅也氏が語る、グローバル資本主義〝以後〟を切り拓く「勉強」論」https://corp.netprotections.com/thinkabout/2404/

ないことが、それらが根本的にはおもしろくないことを物語っている。

このあたりのことについて、真木悠介（見田宗介）が示唆的なことを述べている。

> われわれの根を存在の中の部分的なもの、局限的なものの中におろそうとするかぎり、根をもつことと翼をもつことは必ずどこかで矛盾する。その局限されたもの——共同体や市民社会や人類——を超えて魂が飛翔することは、「根こぎ」の孤独と不安とにわれわれをさらすだろうから。［中略］
>
> しかしもしこの存在それ自体という、最もたしかな実在の大地にわれわれが根をおろすならば、根をもつことと翼をもつことは矛盾しない。翼をもってゆくいたるところにまだ見ぬふるさとはあるのだから。[❖45]

人間といえども、人間社会を超えて広がる、異種たちの生き交わす大地に支えられるしかない。にもかかわらず、人間が局限されたものとしての人-間に根をおろしつづける限り、「飛翔する〈翼〉の追求が生活の〈根〉の疎外であり、ささやかな〈根〉への執着が障壁なき〈翼〉の断念であるという、二律背反の地平は超えられない」[46]。翻（ひるがえ）っていえば、人間が同種関係という局限的なものではなく、異種たちとの関係という全地球的な地平に直接根をおろすならば、その上で人間はどこへも行くことができるし、どこへも行かないこともできる。

坂口安吾は、まず堕落によって人間の真実を直視せよと言う。そしてこう結ぶ。

> 人は無限に堕ちきれるほど堅牢（けんろう）な精神にめぐまれていない。何物かカラクリにたよって落下をくいとめずにいられなくなるであろう。そのカラクリを、つくり、そのカラクリをくずし、そして人間はすすむ。堕落は制度の母胎であり、そのせつない人間の実相を我々は先ず最もきびしく見つめることが必要なだけだ。[47]

❖45 真木悠介『気流の鳴る音　交響するコミューン』（ちくま学芸文庫、二〇〇三）一七二—一七三頁

❖46 同右一八一頁

❖47 坂口安吾「堕落論〔続堕落論〕」『堕落論・日本文化私観　他二十二篇』（岩波文庫、二〇〇八）二四四頁

なるほど人間は人-間をやめられないのかもしれない。だからひとたび堕落してもそれを食い止める制度（コード）を発明する。それはそうだろう。しかし、人-間から堕落しつつも、人-間を完全にやめないままで、〈土〉に立脚することはできる。坂口は、人-間からの堕落の先に〈土〉を想定していない。カラクリに頼らずとも〈土〉より先に落ちることなどできないし、〈土〉という問答無用のカラクリにまで落ちれば、いたずらに人工のカラクリを乱開発する必要もない。

つまり〈土〉への堕落は、必ずしも人-間からの完全な離反を意味するわけではない。確たる足場に立てば飛翔も自在となる。人-間にしがみつく必要はなくなり、好きなときに飛び乗り、また飛び降りることができる。そうしてはじめて人-間の自由も獲得されるというものだ。

要は、すべて人-間のコードは、〈土〉という大きなコードの中に点在する小さなコードの一つひとつにすぎないということである。人-間のコードからコードへ飛び移っていくスタイルをわたしは否定しない。けれども、より大きな〈土〉の地平にはより大きな悦びがあるはずであるし、〈土〉にまで堕落することは中途半端に人-間内で浮き沈みするよりずっとカンタンなはずである。「人間は堕落する」❖[48]。ならば、さっさと〈土〉にまで堕落してしまえばいい。

❖48　坂口安吾「堕落論」『堕落論・日本文化私観 他二十二篇』（岩波文庫、二〇〇八）二二九頁

生前堆肥

人‐間から堕落し〈土〉に降り立つとき、人間は生きながらにして堆肥になることに開かれる。ただし、地に落ちた刈り草同様、〈土〉に降り立つだけで堆肥になれるわけではない。腐敗の進行によって堆肥ができあがるとはいえ、腐敗物と堆肥は同じものではない。堆肥とは土の一部である。腐敗は土になる重要な段階ではあるが、まだ土にはなっていない。

　わたしは単純に自分が生きようとして、田舎に移り住み里山生活を開始した。それは、個我を育むための自己本位的な動機だったといっていい。稲、大豆、鶏を飼いはじめたのも三大栄養素の自給が主目的であったし、この三つを選んだのは文化的にも難易度的にも妥当だと思われたからにすぎない。異種たちとの直接関係を築き、生きる欲望を手づから充たしにゆくことが〈土〉への堕落の要点だった。したがって、わたしの行う米、大豆、鶏卵の自給は、まず腐敗の様相として捉えることができる。

しかし腐敗は、否応なく何者かを育むことになる。わたしは『つち式 二〇一七』にこのように書いた。

> 最初わたしは、個体として十全に生きようとして、米、大豆、鶏卵を自給しはじめたのだった。そうして彼らとの緊密な関係を築いたことで、かえって個我というそれまでこだわってきた枠が侵犯される結果となり、あまつさえその侵犯されてあることにこの上ない悦びを感じている。個体としての十全さの最果ては、個体としてだけではいられなくなることであったのだ。❖49

当然、食べるためには稲たちを育てなければならないし、毎年食べつづけるためにはその年に獲れた者たちを全部食べてしまってはならない。作物にせよ家畜にせよ、彼らを食

❖49 東千茅「米、大豆、鶏卵（大麦）」『つち式 二〇一七』五〇—五一頁

べて生きる以上は彼らを育み、彼らの子孫を育む必要がある。つまり農耕は、自分の食糧を作ることであると同時に、作物や家畜に育てさせられることでもある。

わたしと作物／家畜の癒着を、逆巻しとねは「動的共生体（holobiont）」と評した。[50] 動的共生体とは、多種混淆の動的な群体とでもいうべき様態とわたしは解している。逆巻はハラウェイの見方に倣い、共生＝癒着によって一者と二者のあいだとしての〈わたしたち〉が生成されるとする。なぜなら「食糧自給の達成とは、食糧となるいきものと共に生きざるを得なくなるという意味においては、自足の放棄でもあるのだから」。いかにも、食糧の自給自足などという事態は実際にはありえず、農耕はいつも食糧となる生物との協働である。そうして生きよう生きようとすればするほど、作物／家畜とのずぶずぶの関係は深度を増して、元には戻れない。

堆肥になるとは、さらにそこからもう一歩進むことである。〈土〉に堕落したうえで、よりいっそう腐敗を進めなければならない。

先日、鶏を飼いたいという小一男子がお母さんと共に見学に来た。ニックたちを見てますます魅力に取り憑かれたようで、「近づいたら蹴られるで」というわたしの忠告も聞かず、興味津々で鶏舎に入って案の定ニクオスに蹴られていた。おみやげに卵をあげると、「これ温めて孵す！」とお母さんを困らせていたから、「まず飼うとこ作らなな」と言うと、「鶏小屋建てるわ！」とはりきって帰っていった。若き鶏仲間が増えるのはうれしいことなので、彼が鶏小屋を建てる際には手伝いを惜しまないつもりだ。

そしてこのお母さんというのが、かつて調査のため森下邸に何日か泊まったという大学生たちの一人なのだ。「あいつら風呂からバスタオル一枚巻いただけでできよってな、なんぼわしが年寄りやからて注意した覚えあるわ」と森下さんが言っていたのが懐かしい。その人の息子がこうして来てくれたことは堆肥的な悦びである。

この出来事に接して、わたしは自分のことへの興味が薄れていることを発見した。自分

❖50　逆巻しとね「喰らって喰らわれて消化不良のままの「わたしたち」——ダナ・ハラウェイと共生の思想」（『たぐい』vol.1 二〇一九）六〇頁
holobiont はもともとリン・マーギュリスが使った用語で、ハラウェイはこれを所与の個体の集団ではなく、運動によって形成される「動的で暫定的な共生体」と見ている。

を育むことに注力する段階は終わっていたのだと。といっても、食糧自給が作物を育むことでもある以上、やることはそれほど変わらないのかもしれない。だが、「自分のため」を抜きに他者を育むという欲望が台頭してきているし、自分でやれる範囲のことにはもう満足している。もっと他種や他人と共にそこそこ大規模な事柄に着手しよう。

そんなわけで、わたしは今、かねてから構想していた杉山を雑木山に転換する二百年計画「里山二二二〇」をいよいよ推し進めていこうとしている。なぜ杉山を雑木山にしたいのかといえば、単純に生き物の種類と数を増やしたいからだ。それだけだが、それ以上のことがあるだろうか。生物多様性はヒトの生の基底を成すのであって、多くの生き物の息づく場にしか悦びもないばかりか、生物多様性はそれ自体至上の悦びであるとわたしは思っている。

詳しくは『つち式 二〇二〇』[51]に譲るが、里山制作を主軸としながら、その他文化的な活動までを含めて色々やる団体を作ろうと思う。[52]第一章でも触れたが、わたしは富田林の自然を守る会とSave Forest Xという里山保全団体に関わってきた。これから里山制作団体を作るにあたって、そうした先進事例に学ぶことは吝(やぶさ)かではない。ただ、わたしが発起人である以上は行儀のいい団体にはならないだろう。ここは譲りがたく、避けがたいところだ。穏やかで禁欲的な里山を作りたいわけではない。わたしは歓喜と悦楽と悪事の〈土壌〉を恢復したいのである。

また、里山「保全」とは言いたくない。たしかに人類の行いの破壊的すぎることへの反省という意味合いは首肯できるものの、この語に付随する人類の優越というニュアンスは気にいらない。それをいうなら、里山に保全されるべき人類ではないか。それに、ノスタルジーによって駆動する運動は受け入れがたい。『動いている庭』の著者ジル・クレマンの言葉を思い出そう――「生はノスタルジーを寄せつけない。そこには到来すべき過去などない」❖53。どんなものであれ過去のある時点を追い求めることは、現在を閑却（かんきゃく）し、生命の顔に泥を塗るような行いである。生は現在進行形の絶えざる営みなのだ。動的な、日々建てましていくような里山観をわたしは持つ。人間が保全するのではなく、継ぎ接ぎだらけ

❖51 現在制作中の雑誌『つち式』第二号。
❖52 団体の名前は、里山制作団体「つち式」としたい。
❖53 ジル・クレマン『動いている庭』山内朋樹訳（みすず書房、二〇一五）一六頁

で歪で不正な里山を多種協働で制作しつづける。互いを食い物にしながら私腹を肥やす営み（腐敗！）が堆肥になって、さらに多くの者を育むような里山を。

なぜ二百年かといえば、杉を伐るのに百年、雑木を育むのにもう百年かかるだろうという概算による。もっとも、二百年というのは目安にすぎないが、一山をまるごと雑木山に育むには二百年くらいの目安が妥当だろう。けれども里山に完成形はなく、「里山二二二〇」は未来主義的な運動ではない。ただ生を育み、囃（はや）し立て、祝う日々がありつづける。何をして何をしないか何をさせて何をさせないかという多種間の縫うような営みがありつづける。それを盛り上げるための一応の期間を二百年と設定するにすぎない。

ハラウェイは、「人新世、資本新世、植民新世、クトゥルー新世」と題した論文（檄（げき）文（ぶん）！）[54]の中で、人新世を「『～世』と称される『地質時代区分』というよりは『境界的出来事』」、つまりK-Pg境界のようなものだと考えるとともに、それとは別に人間を含むさまざまな種が共生する時空として「クトゥルー新世」を提示する。そして「赤ん坊でなく類縁関係をつくろう（Make Kin Not Babies!）」というスローガンのもと、わたしたちの仕事とは「人新世をなるべく『短く』『薄く』し、手に手をとって、あらん限りの方法を動員し、次の時期を、避難場所を再び増やしていけるような時代とすることではないだろうか」と述べる。「避難場所」というのはアナ・ツィン（チン）の論文に拠っており、砂漠化や皆伐（かいばつ）といった破壊の後で、さまざまな種が生息できる場を再建する際の足がかりとなる場所のことだという。そうした避難場所を増やしていくことに、わたしたちは一刻も早く着手しなければならない。もちろん前途は困難きわまりない。それは承知の上だ。「でも、やってみよう」と彼女は呼びかける。

今から二〇〇年後までに、この惑星に住む人間たちの人口が、二、三〇億人に戻っているかもしれないし、彼らがその間もずっと、人間をはじめとする多様な生き物たち

❖54 ハラウェイ研究者である逆巻しとねは、自身が翻訳したハラウェイのインタビューを紹介する Facebook への投稿の中でこう書いている――「「サイボーグ宣言」以降のハラウェイの仕事は、ほぼすべてが論文というよりは檄文であり、読んで頭で理解する哲学ではなく、触発を受け考えながら実践する思考実践です。／今こそ、ハラウェイの仕事を消費するのではなく、enact していく実践が求められていると思っています」。https://www.facebook.com/vortexsitone/posts/354194718786361

の福祉——それも、単に目的ではなく手段としての福祉——の向上に参画している可能性だってある。[55]

この一文は「里山二二二〇」を励ましてくれる。二百年という時間はわたし一人には長すぎるし、がんばっても存命中に大した成果はあがらないかもしれない。だが、傷ついた土壌と生態系を育みなおすには人の一生を超えた時間を要するし、自身を超えて他者を育む必要がある。どうなるかはほとんどわからない。しかし、この一歩一歩が悦びに溢れていることは確かだ。

それにしても、これまでは自分が食べるために作物や家畜を育んできたにもかかわらず、育むことが食べることを巣立って自立しつつあることには、正直にいって最初困惑した。わたしはこんな人間ではなかったはずなのだ。それなのに、自分が食い物にするよりも、多種たちの食い物になるほうを悦びはじめている。まさか自分が利他的な人間になったのかと訝(いぶか)しんだものだが、これを利己から利他への変化と捉えるのはちがう。あくまで利己で、己が肥大したというべきだろうか。けれども、里山の他者たちと溶け合ったというわけではなく、他者は他者としている。他者でなくてはならないのだ。となると、やはり癒着だろう。癒着仲間の増加、群れの拡大といったところか。

群れと言っては、単一種や同類の寄り集まりが想起されるかもしれない。では「混群（こんぐん）」と言おう。これは最近、逆巻しとねと霊長類学者の足立薫の対談❖[56]から知った言葉で、多種混淆で構成される群れをいうそうだ。もっとも、足立のいう混群は、彼女の研究対象である三種のサルをはじめ、彼らに付随するある種のトリや小さな哺乳類たちで構成される群れのことだが、それを聞いた学者ではないわたしは、混群をもっと広く捉えることにした。わたしの場合でいえば、稲・大豆・鶏だけでなく、わたしたちが生きる一定の場を共にしているさまざまな種たちも丸ごと混群と捉えたい。したがって、里山制作とは混群の

❖55 ダナ・ハラウェイ「人新世、資本新世、植民新世、クトゥルー新世　類縁関係をつくる」高橋さきの訳（『現代思想』二〇一七年一二月号）一〇四頁

❖56 マルチスピーシーズ人類学第三三回研究会「モア・ザン・ヒューマン」二日目（二〇一九年一二月八日）https://www2.rikkyo.ac.jp/web/katsumiokuno/multi-species-workshop.html

生育に他ならない。

わたしの混群は、ハラウェイのいう血のつながりや種の違いを超えた「類縁関係（kin）」とも似ているかもしれない。「思うに、類縁関係を拡張し、組成しなおすことは、地球生物が根本のところですべて類縁関係にあることからしても許容される」――この言はそのまま混群にもあてはまると思う。もちろん、この群がりの中にはいろんなやつらがいるし、戦闘も利用も協力もありうる。群れと聞いて人間が思い描きがちな仲睦まじい関係というのは、実際のところほとんどないとさえいえるのではないだろうか。混群の生育にあたっては、いたずらに人-間の関係を異種たちの上にも投影することは慎まねばならないだろう。人-間を変わらずに補強するのではなく、逆に人-間を超えて言葉や物語を拡張していこうではないか。異種たちに接触して自己が変容してしまうことは恐るべき事態ではあっても、自粛すべき事柄ではない。恐れは悦楽の予告に他ならない。

稲作を行う人類学者である石倉敏明は、自身が組み込まれてある風土生態系をいみじくも「外臓（がいぞう）」と呼ぶ。[57]「外なる臓器」認識は現場をケアするうえでも有効だし、自己の肥大を後押ししてくれもする。そしてこれは単純なからくりだが、己を肥大させ、癒着者を増やしていけば、その分だけ悦びも増幅される。たとえば田畠が己の延長であることは、やがて自身の身体となる者たちがそこに生育していることからしても実感できるばかりか、実際に作物や家畜たちは田畠をとりまく生態系に支えられている。つまり「里山二〇二〇」は、雑木を育むことで、外なる臓器を拡大していく試みだともいえる。とにかく、やってみよう。

このように〈生きるために育む〉腐敗が進み、〈育むために生きる〉様態に変質することを、わたしは生前堆肥❖58と呼びたい。

❖57 東千茅×奥野克巳×石倉敏明「生命の〈からまりあい〉に生きる」『追肥 〇一』(『つち式 二〇一七』第二刷付録 二〇一九)二二頁

❖58 「生前堆肥」という言葉を思いついたのは、隣り同士で田んぼをしている磯田和秀と、第二章二節でも言及した米ワシントン州の遺体堆肥化の話をしたのがきっかけだった。わたしはそれなりに興味をもってこのニュースを受け止めたが、死後の堆肥化は、法律はともかくとして至極当然のことに思えた。わたしは死ぬまで待てないと思った。その頃にはハラウェイの「com-post」も知っていたから、そこから「死後堆肥は当たり前だ、それより生前堆肥だ」と思いつ腐爛者から堆肥になれば、当然育み方も変わってくる。自分一人が生きるためだけなら、里山や後進の生育にまで手を出さなくていい。だが、わたしは外臓で作物や家畜たちと癒着するばかりか、その過程で里山という怪物の胃袋に分解されて堆肥になっていた。堆肥になったわたしは、自分一人の生育だけでは飽き足らず、さまざまな者たちが生きうるそこそこ広い土壌を育みはじめる。

ところで、生前堆肥は人間の専売特許ではないにせよ、やはり多く人間の仕事である。人間も他の生物と同じだと言いたい気持ちはわたしにもあるが、農耕をしていると、自分が他の生物とは一線を画す多大な暴力を持った存在であることを否応なく意識させられる。わたしほど草を刈り、木を伐り、土地の形を変え、農耕する生物は他にいないのだ。

人間が他の生物と異なる点はまだある。見田宗介は『自我の起原』で、人間が突出して自我を肥大させてきた経緯とその様態を丁寧に、そして解放的に述べている。彼自身による本書の核心部分の要約を引こう。

生命世界の中で唯一人間の〈自我〉だけが、最初はこの個体（「自分」）自身を自己

＝目的化することをとおして、生成子〔遺伝子〕の再生産という鉄の目的性から解放され、しかしそうなると個体は無目的のものとなるから、自己自身の絶対化（エゴイズム）からさえも自由な、どのような生きる目的をもつことができる存在となる。❖59（〔 〕内筆者）

なぜ人間だけが、こんなにもしち面倒臭い代物を発達させたのかと、わたしは自我を持て余したものだった。自我は、わたしを他者から隔離し、世界から剝離してきた。しかし

いたのだった。本書で人間のことを腐してきたように見えるが、自分も人間である以上、わたしは言葉の力にあやかっている。ちなみに見田宗介は一七才の頃、「人間の解放」という言葉を閃き、「これだ！」とガッツポーズをしたそうだ〔見田二〇一六：二〇〕。わたしも「生前堆肥」を思いついたとき、ガッツポーズとはいかないまでも、「これだ！」と興奮した。ある種の言葉は、それを聞いたり読んだり思いつくことによって人間に大きな力をもたらしてくれる。なお、もちろん言葉は個人の発明ではない。言葉をつかうことは、多くの人間の営為の堆積の上に立つことに他ならない。

❖59 見田宗介「走れメロス 思考の方法論について」（『現代思想』二〇一六年九月号）二五頁

自我は、見田がいうように無目的なのだ。ここに自由な生が開けてくる。わたしにとって人生とは、ただ悦びを追求するものとなる。「我を忘れる」や「我に返る」という言い回しのとおり、自我は悦びの装置なのだ。人間の自我という要塞は、それを突き崩し分解するほどの大きな悦びのためにある。ただし、いくら自由であるといっても、人間とて〈土〉から離れて生きることはできない。けれども、〈土〉の上で自由であることは、十全に生前堆肥になれるということでもある。

　人間の多大な力と強固な自我は、あまりに多くの生物を傷つけてきた。だが、それでもわたしは人間をやめるつもりはない。むしろより人間であるつもりだ。この暴力と自我は、いい堆肥になりうる。

伝染する「堆肥男」

吉村萬壱（よしむらまんいち）の「堆肥男」という小説がある。❖60

主人公春日武雄の向かいの部屋に越してきた中年男は、パンツ一丁で部屋の扉を四六時中開け放っている。虫や獣も入りたい放題だ。最初、春日は怪訝に思って眉をひそめるものの、どこか目を離しがたく男を見つめる。

仕事もせず一日中寝転んでいる男のスマホからはつねに祭囃子が聞こえてきて、余程の祭り好きと見える。事実、開け放たれた部屋では生き物たちの乱痴気騒ぎがくり返されている。対照的に、春日は極度の虫嫌いで、ひとたび部屋でクモやゴキブリと遭遇しようものなら、眠れない夜を過ごすことになるほどだ。自分の部屋は自分だけのものであってほ

❖60　吉村萬壱「堆肥男」（『文學界』二〇一九年一〇月号）

しいと思っているし、もちろん扉や窓は閉めている。

春日武雄は「曖昧な不安」とともに裸男を眺めつづける。仕事上の不如意も手伝って、次第に裸男の鷹揚さに惹かれてゆく。人間の嘘と欺瞞に元来我慢ならない性質の春日と、人-間を超えたところにいる裸男。裸男の気前のいい開放ぶりは、春日を不思議と元気付けるのだった。

裸男が野良犬に自身の糞を食べさせる場面がある。男が犬に強制したのではなく、男が脱糞している際に犬が寄ってきたのだろう。食べ終わった後、犬は男の肛門を舐めるのだが、男はくすぐったくて「ほほほほっ」と笑う。男の笑い声が秋の夜空に吸い込まれていく情景は、決定的に春日の心を解いた。

作中で、「裸男はきっと良い肥やしになるだろう」という記述があるが、生き物たちと共にある彼は、すでにcom-postであるといえる。そのために男がしたのは、扉と窓を開け放ち、怠惰に寝転びつづけることだけだった。虫や獣が出入りする堆肥男の部屋には、明朗な風が吹き抜ける。

このように「堆肥男」は、人間の狭量さをほぐしてくれるような作品だ。しかも、吉村萬壱の作品にしては珍しく暴力的な手続きはない。物語の終盤、春日武雄は部屋の扉を開けるようになる。つまり、春日は堆肥男と接触することで感染し、堆肥化への第一歩を踏み出した。堆肥男は、ただ開け放った部屋で怠惰に寝転び、異種たちと戯れつづけることだけによって、周りの者を惹きつけ、感化してしまったのである。

*

生前堆肥化は里山において十全に可能となる。だから、今すぐ里山へ行くことをけしかけたいところなのだが、それが少々無謀なことくらいはわたしもわかっている。そこで、この「堆肥男」を見本として、堆肥になるための三つの要素——①扉を開く、②寝転ぶ、③甘やかす、を抽出し、以下の節でそれぞれについて詳述したい。ただし、各段階に自足するのではなく、その先に里山を見ながら。

扉を開く

部屋というのは、実際の私的なスペースであるとともに、わたしたちの自己の比喩としても機能する。堆肥男に感化された春日武雄が部屋の扉を開くことはそのまま、自己の扉を異種たちに向かって開くことでもあった。

部屋の扉を開けば、当然さまざまな生き物が這入ってくる。それを嫌がって以前の春日は部屋を閉め切っていたのだが、そうすることで忘我の機会をも締め出してしまっていた。生物の存立構造上、悦びは他者の存在なくしてありえず、悦びは〈外に立つ（＝ecstasy）〉ことである。春日が訝しみながらも惹きつけられたのは、堆肥男の開放的で、それゆえ悦びに溢れた姿ではなかったか。部屋のような、外部との隔たりがなければ自己もないわけだが、それを開かなければ悦びも訪れない。

とはいえ実際、堆肥男のように四六時中部屋を開け放すわけにもいかない。けれども、意識的によく扉を開き、頻繁に風を通すくらいはできる。ただ、少し扉を開いたとしても、異種たちに遭遇する愉しさを知っていなければ、その先には進みにくいだろう。國分功一郎は『暇と退屈の倫理学』の中で、何事も「楽しむには訓練が必要だ」と述べている。[61]わたしたちの周りには多くの異種たちがいるとしても、やはり訓練せずに彼らを愉しめるようにはならない。訓練といえば大層だが、要は意識的に彼らを〈見る〉ことだと思う。

さいわいわたしたちの部屋の扉は、完全にコントロールすることはできず、自ずと緩むことがある。その機会を足掛かりにするのも一つの手だ。たとえば『微花（かすか）』という本は、花々に不意に「咲かれた」経験を瑞々しく伝えている。

> 六さい児よりかよいつづけて五千にちほどのある日のかよい路に、こつ然と咲いたあかいものに咲かれた。思いがけないそのあかいろは、五千にちの記憶からすべり落

❖61 國分功一郎『暇と退屈の倫理学』（太田出版、二〇一五）三五六―三五九頁

ちたミズキ科ミズキ属ヤマボウシ亜属の、落葉高木の花いろだった。見のがすには、あまりに多量の並木坂だった。知らないということと、無いということとが、ひとえにかさなった日日のおわりをかざった、ハナミズキだった。❖62

この文章は、「それまで植物に興味がなかった」という石躍凌摩（いしやくりょうま）の、ハナミズキに闖入（ちんにゅう）された感動と、実際にはそれまで咲いていたにもかかわらず自分が無いことにしていた驚きをよく表していると思う。多かれ少なかれ誰しもこれと似たような経験があるのではないだろうか。一度咲かれてしまうと、ここにもあそこにもとその花を見つけることができるようになる。同時にそれは、わたしたちが普段それほど自身の部屋を閉ざしているという「むごいものしれなさ」を表してもいるのだが。

『微花』は、第二版から「写真絵本」を名乗るようになったけれども、初版では「季刊の植物図鑑」と名乗っていた。そして、一般的に図鑑にもとめられる情報とその量の一切を排し、いくつかの草花の名前と写真、それらにまつわる短い文章のみで構成されていた。それは、あれこれの情報を知る以前の、まず草花と遭遇する季節に照準しているからである。

この一風変わった植物図鑑は、身のまわりの草花の存在を指し示し、日常の景色の豊かであることを鮮やかに開示する。とりもなおさずそれは、わたしたちの日常の視野のうちに花々を咲かせること、つまり、すでにある豊かさへわたしたちの感性を開放することに他ならない。実際には咲いていたにもかかわらず、視野のうちに花々が咲いていなかったことは、〈開かれてある〉草花、ひいては〈開かれてある〉世界において、わたしたちが閉じていた、ということを意味する。さしずめ『微花』は、読者にとって、開かれてある世界への一つの窓だということができるだろう。

その窓からは、概して草花の美しさが見える。❖63 ここからはじめるのもいいだろう。だ

❖62 石躍凌摩・西田有輝『微花1．／春』（私家版 第二版 二〇一九）一九頁

❖63 そもそも花は、植物が人間を楽しませようとして咲かせているものではない。人間は花を「きれいなもの」して見るけれども、花の機能とは、花粉を運んでくれるミツバチなどの昆虫に、ここに蜜があると誘惑する罠であり、罠に掛かった虫を利用する生殖器官である。ミツバチが花を美しいと思っているかはともかく、その色彩のもとに行けば甘い蜜を吸えるわけで、その意味では花に惹きつけられているとはいえるかもしれない。これは真木悠介もいうように、花が虫に向けて放つ色彩を、わたしたち人間が美しいと認識して惹きつけられていることは、実に驚くべきことだ〔真木悠介『自我の起原』（岩波書店、一九九三）一四二―一四三〕。

が、花と一口に言っても、この世界には夥しい種類の花が存在する。なかには人間の感覚にとって必ずしも「きれい」とは言えないようなものもある。たとえばシュロの雄花は、俄かには愛しにくい猥褻さを帯びた形状をしている。それでもわたしは彼らが大好きだ。一般的な美しさには適わなくとも、人間が愛でる理由は美しさだけではなく、ある種の珍妙さにも驚嘆することができる。ここからはじめるのもいい。

その名も『シュロ』という名のZINEは、シュロの魅力や日本に多く植えられている経緯、現在置かれている状況などを、文章と写真と漫画で伝えている。シュロは、誰しもが一目見て即座に美しいと思える植物ではないが、実はわたしたちの周りにけっこう植えられている。本誌を読んで「シュロを追っかける目を搭載してしまったら最後、どこへ行ってもシュロを見つけてしまうだろう」[64]と著者小田嶋日向子も述べるように、美しさであれ珍妙さであれ、まず〈目を持つ〉ことができればこちらのものだ。

また、社会学者の宮台真司はあるとき、自身の子供と共にセミの羽化を具に観察したという。すると、「子どもたちの眼差しは畏怖に見開かれ」[65]る。それは大人も同じだろう。そうして生き物たちが見えるようになれば、どれだけ多くの者たちが世界に生きているかがわかる。そして、誰も彼もがそれぞれの見目形と戦略で生き抜いていることを知れば、世界は驚きに満ちた豊饒な舞台として立ち現れる。そこから、この目もあやな世界を生きなおしてゆくことができる。

目を持つには、窓が要る。あるいは、窓が穿たれるから目を持てるのかもしれない。窓となるような書籍は沢山あるし、すでに詳しい人に指南してもらうこともできる。それらを入り口に目を持つ愉しさを覚えたなら、あとは自分で窓を拡げればいい。より詳しい図鑑も出版されているほか、現在では、特徴から植物を検索できるネット上のサービスもあるし、スマホをかざせば花の名前を教えてくれるアプリもある。

世界は開かれている。この世界において異種たちの存在を悦べる感性の土壌を肥やすことができれば、わたしたちの扉は蝶番(ちょうつがい)に油が差されたように滑らかに、よく開くようになるだろう。あとは外に踏み出すなり、彼らの侵入を歓迎するなりすればいい。

❖64　小田嶋日向子・温田庭子 ぴょんぬりら『写真とまんが シュロ』（私家版 二〇一八）一四頁
❖65　宮台真司・岡崎勝・尹雄大『子育て指南書 ウンコのおじさん』（ジャパンマシニスト社、二〇一七）九六—九九頁

ただし、人-間に自足する多くの人にとって課題はまだある。たとえ異種たちに目を向けていたとしても、それがそのまま彼らをきちんと生き物として捉えている、というわけではないからだ。花が好きだという人々は、その花を摘むときに、はたして彼らの生を傷つけているという意識を持っているだろうか。もちろん、草花をただ美しいモノとしてだけ消費しつづけることはできる。しかし、堆肥であるためには、彼らを生きている者たちとして扱うことが是非とも必要である。それは、花々を美しさや珍妙さとして抽象しない態度だといえる。ここには生命の尊厳と悦びが懸かっている、というのは、これまで本書で再三述べてきたとおりだ。

寝転ぶ

部屋の扉を開き、怠惰に寝転んでいれば、こちらが外に行かなくとも異種たちのほうから這入ってきてくれる。

怠惰とは、あれこれしないことだ。人間が〈しない〉だけで、いろいろな生物たちが〈する〉。扉を開け放った部屋でただ寝転んでいた堆肥男の周りには、彼が何もしないのをいいことに、蚊やゴキブリやアシダカグモをはじめ、野良猫や野良犬や鳩やアライグマやイタチが出入りしたことだろう。多種と共にある堆肥になるには、怠惰で居る＝〈しない〉ことが大事だ、とひとまずいえる。こんなにかんたんでラクな話もないだろう。ゆっくりすれば、よく〈見る〉こともできる。

わたしも生来だらしない性格なので、畠をするにも極力手をかけないことを信条としている。けれども、本やネットで野菜の育て方を調べれば、耕して、石灰や化学肥料を撒いて、水をやって、殺菌剤や殺虫剤を散布して、除草して……と、ああせよこうせよとかまびすしい。たしかに、そのとおりにすれば野菜は育つかもしれない。しかし、野菜以外の生物の生きる余地はなくなってしまう。そればかりか、元来勤勉ではなく、おまけに金もないわたしにとって、慣行農法と呼ばれる類の栽培法は、想像するだけで気が重くなるものだった。その生物量の少なさ、労働量の多さと、それゆえの意欲の低下を考えれば、慣行農法はわたしを育まない。過剰な人為は、他の生き物を寄せつけないどころか、人間をも遠ざけうるのだ。

　そうした事情でわたしが「耕さない農耕」をしていたところ、自分も田んぼをしてみたいと乗ってきた磯田和秀がいる。彼は、稲作に対して漠然とした難しさを感じ、できないと思い込んでいたそうだ。だからそれまでやろうとしたことがなかったし、できるとも思っていなかったという。ちなみに、磯田さんは幾つかの大学で教える人類学者でもある。

　あるイベントで知り合った縁から、私は東さんのとなりの田んぼを一枚借り、家から通いながらイネを育てるようになった。もともと生き物は好きだが植物を育てるのは苦手というか、怠惰で水やりさえしないのでどんな植物でも枯らしてしまうのが常だった。野菜も育てられないし、ましてイネなどできるわけがない。そう思っていたのだが、後述するように彼のやり方は、「耕さない」「草も生やしていていい」「肥料は施さない」といったもので、ずぼらでもできそうなところに惹かれた。お金もあまりかからない。実際やってみると決して楽ではなかったのだが、その大変さも含めて、想像よりはるかに楽しいものだと分かった。私はイネを育てているが、自分も含めた他の生き物も育てているのだった。人以外の生き物が好きな人間にとっては願ってもいない喜びだった。そして、かつてインドのカリンポンという町でフィールドワークをして以来、大宇陀のこの棚田が十数年ぶりのフィールドになった。どんな人類学的意義があるかはわからなかったが。[❖66]

❖66　磯田和秀「もっと生き物の／と話をしよう」『たぐい vol.2』（亜紀書房、二〇二〇）一一三頁磯田さんが自然農的方法に惹かれた理由はわたしの場合と非常によく似ている。最初わたしも、自分の性格を勘案して自然農に注目したし、他ならぬだらしなさこそが作物たちを育むうえで肝になると見えたことで、足を踏み入れることができたのだった。やはり〈しない〉ことは、人間を含む多種を引き寄せる。

とはいえ、彼も言うように「実際やってみると決して楽ではなかった」。慣行農法においてはすることを、あれもこれもしない「耕さない農耕」だが、当然〈しない〉ばかりでは作物は育たない。堆肥男に倣って寝転んでいようと言いたいところだが、現実的に実践の水準において考えてみるならば、ずっと怠惰でいつづけることはできない。

『雑草たちのくらし』[67]という絵本がある。これは、著者甲斐伸枝が、耕作放棄された畠に五年間通いつめ、その間の植物たちの動向を具に描いた作品だ。最初の春はところどころに緑が見えるだけだった空き地は、みるみるうちにさまざまな草たちに覆われ、季節ごと年ごとの勢力争いのすえ、四年目の夏頃には強健なクズやヤブガラシやセイタカアワダチソウなどがこんもり繁茂する草むらとなる。植物たちの苛烈を極める戦いの様は、見ているだけで気おくれさせられるほどだ（甲斐の確かな観察眼と粘り強さにも舌を巻く）。ここに端的に見られるように、人間が放っておけば、土地はほどなく強かな草たちに呑み込まれるのであって、そこで生きるためには何もしないというわけにはいかない。

寝転んでいた堆肥男とて、さまざまな生き物が這入り込んでくることを許しているかにみえるけれども、さすがに蚊が身体にとまったり、ムカデが寄ってきたりすれば殺しただろう。たしかに、堆肥男に感化された春日武雄は、頬にとまった蚊に気づいて、「こんなところから平気になりたかった」と思うわけだが、それは初心者の実直で健気な対応にすぎないのではないか。なんでもかんでも受け入れればいいというものではないわけで、扉は開きつつも、這入ってきた者をある程度は選別して対処しなければならない。それくらいの算段は生きていくうえで当然必要だ。

蚊ではないが、わたしの田んぼにはブト（ブヨ・ブユ）が沢山いる。彼らは早朝や夕方によく現れ、嚙まれると非常に痒い。そんなことをいちいち気にしていては仕事にならないから、少々の被害は気にしないものの、脚に集る彼らを叩ける状態にあるときまで放っ

❖67 甲斐伸枝『雑草たちのくらし あき地の五年間』（福音館書店、一九八五）

ておきはしない。

それ以外にも、「耕さない農耕」では原則的に草を抜かないとはいえ、伸びてくれば刈るし、作物の周りの者は根こそぎ抜くこともある。特にクロジ（カラムシ）やクズなどの強健な草は見つけ次第できるだけ根こそぎ抜いたり根元で刈り飛ばしたりもしているほか、マムシも見つけ次第殺している。今のところはいないが、侵略的な外来種がやってきたときには駆除に乗り出しもするだろう。それに、シカやイノシシに対してはあらかじめ扉を閉ざしている。多種の犇めく状態を育むには、わたしのQOLも重要なのであって、それが脅かされればわたしは立ち上がる。

このように、耕さず、除草せず、肥料も施さないといっても、これらのことをしない代わりに別のことをする必要がある。けれども基本的には〈しない〉ことで、多くの者たちと共に生きることができるし、ミミズや草たちに耕してもらい、土壌生物たちに土を肥やしてもらうこともできる。こちらがあれこれ手を出さずに、多種が〈する〉に任せて、それを利用するのである。そして、そのためには彼らを囃し立てつつ、なんであれ少数の種による侵略や占有は防がなければならない（もちろんヒトも例外ではない）。それが寝転びながらも〈する〉べきことだ。

つまり、堆肥になるためには、〈しない〉で、且つ〈しなさすぎない〉よう、状況に合わせて振舞うことが肝要だといえる。

甘やかす

部屋の扉を開き、寝転び、異種たちに出会ったなら、もう一歩進んで、彼らと親密な関係を結ぶことがオススメだ。それも、一つや二つだけではなく。

堆肥男が全裸で排泄物を野良犬に喰わせ、肛門を舐められて「ほほほほっ」と笑い声をあげるシーンは、鮮烈にしてほほえましく、愉しげなものだった。しかしそれは、一方が餌を差し出し、もう一方がそれを喰っただけといえば、それだけの話だ。それだけの、誰しもに経験があり、誰しもが愉しいと思う事柄だろう。

わたしのところに遊びに来た子供らにも（大人にも）、ニックたちの餌やりは大人気だ。ニックたちが好む草やイナゴやカエルを教えると、みんな進んで集めてきてくれるし、小学校低学年くらいの子供なら「ニワトリさんたちがお腹すかせてるわ」と煽れば、使命感に火をつけることだってできる。かくいうわたしも、これを書いている今（二〇二〇年五月）、田んぼの畦塗りに追われているのだが、よくニク丸を連れて行っては近くで遊ばせている。そこらにいる虫はもとより、土を捏ねていると現れるオケラやミミズを喰わせてやるためだ。

生き物に餌をやる。ほんとうに、それだけのことだ。だが、好物を前にしたときの彼らの色めき立つ様、旨そうに呑む姿は、見ているだけで愉しくなる。たしかにニックたちに給餌することは、ゆくゆく大きくなった彼らを食べる愉しみの先取りということもできるが、そんなことを抜きにしても、子供らの反応がよく示しているように、餌やりは愉しい。

堆肥男は犬を甘やかし、わたしはニックたちを甘やかしている。しかし、それだけではない。飼い犬の写真とエッセイで構成された本『inubot 回覧板』の著者北田瑞絵はこう述べる。

太陽を浴びた草の匂いがする毛並みをなでていたら、体を擦り寄せてくる仕草を見せるので「甘えられてるなあ」と思うときもあるのだが、そんなときは同時に私が犬

に甘やかされているという感覚を抱く。❖[68]

いかにも、犬や鶏を甘やかすとき、わたしたちは彼らに甘やかされてもいるのだ。それは、たとえば観葉植物によってもたらされるある種の癒しにも近いものがあるかもしれない。彼らを悦ばすとき、その悦びはわたしの悦びにもなる。

とはいうものの、わたしはペットとして動植物を飼うことを薦めたいのではない。なぜなら、ペットは人間関係の添景（てんけい）に利用されがちで、それに関してわたしは複雑な思いを抱いているからだ。たとえば、人間関係を主たる関係として暮らしている人間（多くの人はそうだろう）がペットを飼うとなると、いきおいペットとの関係は嗜好品的なもの、あるいは人間関係の代償といった位置に置かれることになる。もちろんそこには人間‐ペット双方にとって悦びであるような関係は生じうるから、ペットを飼うこと自体についてとやかく言うつもりはない。ペットとの接触によって、人間関係中心主義的な態度が変容する可能性もある。けれども多くの場合、ペットの存在は人‐間を堕落させるどころか、かえって補強するばかりである。

わたしはもっと人‐間から自由な関係作りを呼びかけたい。いっそのこと、動植物をペットにしようとするのではなく、動植物のペットになろうとしてみるのはどうだろう。絵本『ウォンバットのにっき』では、要求すれば餌を差し出す人間を評して、ウォンバットが「人間はとてもいいペットになる」と語るシーンがある。[69] 彼らが実際にそう思っているかはともかく、人間たちが異種たちのペットに向いているのは事実だ。わたしたちホモ・サピエンスの類稀（たぐいまれ）な適応能力の高さをもってすれば、できないはずはない。

　今やホモ・サピエンスを特徴づける農耕という営みが、穀物たちによる罠だという見方もある。[70] わたしもほなみちゃんを育てながらほんとうにそう思う。その他の野菜にしても、家畜にしてもそうだ。ほなみちゃんの周りの草を炎天下で取っているとき、ニックたちの餌になるトウモロコシを大量に植えているとき、わたしはまんまと罠に嵌っていると

❖68 北田瑞絵『inubot 回覧板』（扶桑社、二〇一九）九六頁
❖69 ジャッキー・フレンチ『ウォンバットのにっき』かしまあおい訳（評論社、二〇〇五）
❖70 ユヴァル・ノア・ハラリ『サピエンス全史 上 文明の構造と人類の幸福』柴田裕之訳（河出書房新社、二〇一六）一一二―一一八頁

実感する。さしずめ農耕者は、餌をちらつかせられ、必死にそれを欲しがっている飼い人なのだ。

そして、多くの種に生け捕りにされた人間が農耕生活を続けた結果生み出される里山は、罠に落ちた人間が自前でも罠を拵え、それに落ちつづける罠だといえる。罠だとしても、これは甘い罠である。甘みを得られるなら嵌る値打ちがあるというものではないだろうか。

ところで、甘やかし甘やかされる関係を持つことは、〈わたし〉と〈あなた〉という個別具体的な間柄になるということである。それらは、この茫々たる生物界、ひいては宇宙において、ある固有の煌めきとして現出する。わたしとあなたの接触によって生じるその光は、互いにかけがえのない存在として二者を照らす。無論それらはどれも、多くの人々が歯牙にも掛けないごく小さな物語だ。ただ、この広大な世界に二つとない物語である。

こういうことを考えていると、シンボルスカの詩が思い出される。

私はここにいて、見ている　それがめぐりあわせ
頭上では白い蝶が宙を舞う
はためくその羽根は蝶だけのもの
わたしの手の上をさっと飛び去る影も
他の誰のものでもなく、まさしく蝶自身の影

こんな光景を見ているとわたしはいつも
大事なことは大事でないことより大事だなどとは
信じられなくなる[71]

結局のところ、わたしたちはほんの小さな存在なのであって、大きな物語が取りこぼす

[71] ヴィスワヴァ・シンボルスカ「題はなくてもいい」『終わりと始まり』沼野充義訳（未知谷、一九九七）

「大事でない」身の回りの小さな物語だけが、わたしたちの生活に手応えを与えてくれる。わたしたちが実質的に関われるのは、宇宙の中のほんの小さな一点一点だけである。けれども、その一点に徹することで世界は発光する。飼い主にとって飼い犬が犬一般ではなく特別な存在であるように、多くの異種の飼い主たちにとって特別な飼い人になることを目指そうではないか。彼らの虜になるとき、わたしたちは人-間離れした悦びに浴せるだろう。

だいたい、人間はすでに異種たちに甘やかされすぎている。これだけ好き放題しているのだから、そう言って差し支えないだろう。だが、いつまでも甘えていては虜にはなれない。生前堆肥であるとは、生きている具体たちとの甘い物語をできるだけ多く積み重ねていくことだと思う。わたしたちは、もっと甘やかしかえさなければならない。

同じ穴の狢たちを愛しぬく

生き物たちと共にあるうえでの勘所を述べてきた。

生きている者たちと接触することで、わたしの生は触発される。生き物をじっと見つめることが愉しいのは、彼らの形状や動きもさることながら、生きているという不可思議な現象をまじまじと見ることだからかもしれない。見つめるということはそのまま、自分も、生きている彼らと同じ身の上であることのわかりやすい証拠でもある。

ただし、磯田和秀はわたしとの会話の中で、生き物との接触についてどれだけ言葉を尽くしても、「それだけではない」という思いがつのると述べた。たしかにそうだ。そこには、言葉にしがたい多くの魅力がある。ただその一つとして、彼らもわたしも生きているという〈同じ穴の狢(むじな)感〉は、人間を人‐間から〈土〉に堕落させ、堆肥に近づけてくれると思う。特に自分の身の回りに息づく生物ならばなおさらだ。わたしも、自分の田畠にいるやつらには同じ里山に住む者同士という近さを感じる。

　けれども、ここで気をつけなければならないことがある。接する生き物たちに人‐間的な顔を期待しないことだ。考えてみれば、生に単純に感動することは子供の頃にはできていたことである。ところが、大人になってからやろうとすると、どこかぎこちないものになりやすい。そして、安易に人‐間的な関係を異種たちの上にも当て嵌めがちだ。

　先日、モデルでタレントの滝沢カレンに取材した朝日新聞の記事に、次のような彼女の言葉を見た――「昔はなんで、あんなにアリと仲良くなれたんだろう？」「友達だったけど、（体の形で）丸が三つくっついてるのが気持ち悪くなって。今はアリは嫌いです。虫が大嫌いです。虫には申し訳ないけど、一方的に絶交させてもらいました」[72]。

　幼い頃に、身の回りの生き物を友達と認識することは珍しい話ではないだろう。そして、やがて虫たちを遠ざけるようになることも。突飛な発言で注目される滝沢であるが、この点に関しては特段奇異なものではない。むしろ、自我の発達にしたがって他者と自分を切り離し、他者を異質で不気味なものと認識しはじめることは、よくある自然な反応だ。

しかし、異種たちと「仲良くなる」「友達になる」というのは、あくまで子供の捉え方である。そして、メルヘンチックな仲睦まじい交流は、子供の世界の中にはあっても実際にはありえない。いくら人間がアリを友達であると思っていたとしても、アリのほうは人間を友達などとは思っていない。子供の世界にケチを付けるつもりはないが、オトナになっても異種たちを幼児的に捉える向きがあるのは問題だ。彼らを擬人化してはならない。異種たちと、友達同士ではないような関係を作れないものだろうか。

生物への友情や愛はいつも片思いだし、両思いになれる（なれている）などと考えるのはオトナのすることではない。生物たちが存在する――そのことだけで十分悦ばしいのであって、その上で愛をもって接して利用されれば上出来だ。ヒトと同質の感情を異種に押しつけるのは抑圧の臭いがするし、メルヘンチックな捉え方はヒトによる抑圧を覆い隠すばかりか、場合によっては美化さえしてしまう。

❖72 「滝沢カレン、昆虫と一方的に絶交　最近の興味は「内臓」」 https://www.asahi.com/articles/ASN365J06N36UCVL001.html

これに関してはわたしにも反省するところがある。以前ブログに、のろけ話としてほなみちゃんについてこう書いた。

稲、わが命の光、わが胃袋の炎。わが罪、わが魂。

連日、日が暮れて帰宅してから、夕餉の前後に種籾の脱穀をしている。食用とはべつに、特に育ちのよく見目うるわしい株をわけて、来年の種として干しておいたものだ。

食用のものと同様に足踏み脱穀機を使ってもよいのだが、それではなんとも味気ない。この手で、一本一本しごいて籾を落とせば、なんともいとおしさが込みあがる。親愛の念をこめて、彼女らのことを、たとえば「ほなみちゃん」と名づけることにわたしは吝かではない。

もはやこれはある種の恋であると認めよう。脱穀した籾の山に鼻を近づけて、さわやかな草の匂いをかげば、夏場の田植えや草取り等々、経てきた日々が偲ばれる。この多幸感は他に比類のないものだ。

この多幸感を得ることは、まったくもって合法的であるばかりでなく、なんらの文明の利器をも必要としない。身一つあれば事は足りるのである。

ほなみちゃんのことを、生涯大切にしていきたい。❖73

この頃のわたしは、異種たちとの物語を語る言葉を持っていなかった（今も十分持てているとは言えないが）。それゆえ親愛の念を表そうとして、人-間で流通する関係にほなみちゃんを当て嵌めてしまった。これは非常にまずい。まったくあべこべだ。異種たちを人-間に引きずり込むのではなく、人-間を多種に向かって分解しなければならない。いいかえれば、人間の言葉に異種たちを押し込めるのではなく、言葉のほうを異種たちとの接触によって拡張していかねばならないだろう。

一向に老成できない社会的落伍者のわたしであるが、殊ここに関してだけはオトナになろうと呼びかけたい。異種たちは人間の友達でもなければ遊び相手でもない。どこまで

❖73 「日記「ほなみちゃん」」http://yaseikaifuku.hatenablog.com/entry/2017/12/30/233438

いっても、異種たちは余所余所しい他者なのだ。それに耐えきれず寄りかかってしまうのは、幼稚で未熟な腐敗である。異種たちに人間の代償をさせてはならないし、同化してはならない。そして、愛されようとしてはならない。

同化の問題があれば、「異化」の問題もある。

わたしたちは、「自然」と一括りにいうとき、なんとなく善いものとして異種たちを捉えてはいないだろうか。人間は間違うが、自然は間違わない、自然に任せればすべてうまくいく、といった具合に。だが、自然を無辜無謬（むこむびゅう）だとすることは、異種たちの上に聖性を捏造することにつながる。理想を投影し、祀り上げ、疎外し、切除するやり口（聖別！）にわたしは反対する。あるいは逆に、「畜生」「けだもの」という言い方に見られるように、異種たちを自分たちの下に見る態度も問題だ。

想起されるのは、ジャーナリストのステラ・ヤングが、「私は皆さんの感動の対象ではありません、どうぞよろしく」と題したＴＥＤトークだ。[74]「健常者」が「障害者」を憐れむべき感動の対象として消費する——このことを彼女は「感動ポルノ」という造語で批判する。ここで想定されているのは障害者だが、異種においても同じことが言えると思う。

生き物たちは、人間を感動させるためにいるのではないし、清く正しい存在でもない。すべて生物は、他者を食べ、消化吸収し、排泄する存在であり、生きるためなら他者を蹴落とすことも辞さない存在なのであって、その点では人間と変わらない。彼らはなにも特別ではない。それを、自分たちとは異なる無垢な者たちとして、自分たちの上下いずれかの位置に置くことは差別以外の何ものでもない。安い感動の涙で己の目を曇らせ、人間本位に気持ちよくなりつづけている限り、生き物たちを見ているとはいえず、生前堆肥からは程遠い。

軽はずみに同化せず、かといって上や下に追いやりもせず、ただ同じ地平にいる身近な生きた他者として、異種たちの存在を一方的に愛しぬくこと。このことを肝に銘じなが

❖74 「私は皆さんの感動の対象ではありません、どうぞよろしく」https://www.ted.com/talks/stella_young_i_m_not_your_inspiration_thank_you_very_much?language=ja

ら、わたし自身、彼らとの物語を語る言葉を、日々生き物たちにまみれながら模索している。

希望の闇のほうへ

生きるということに光をあてるべく、わたしは本書を書いてきた——と、一応は言うことができる。けれどもこれは、光がポジティブなもの、悦びの比喩として機能することを前提した言いまわしである。実際には、この生きる悦びは、光の中ではなく暗闇の中でこそ生じる。アーシュラ・K・ル＝グウィンがかつてとある大学の卒業生たちに送った素晴らしい祝辞は、こう結ばれている。

> 私たちのルーツは暗闇の中にあります。大地が私たちの国なのです。どうして私たちは祝福を求めて天を仰いだりしたのでしょう——周囲や足下を見るのではなく？　私たちの抱いている希望はそこに横たわっています。ぐるぐる旋回するスパイの目や兵器でいっぱいの空にではなく、私たちが見下ろしてきた地面の中にあるのです。上か

　　らではなく下から。目をくらませる明かりの中ではなく栄養物を与えてくれる闇の中で、人間は人間の魂を育むのです。[75]

いまだに人間は、光明に手を伸ばすことに躍起になっているように思う。上昇が下降より優位に置かれる状況には変化の兆しすらない。なにも上を目指すことに価値がないとは言わないが、わたしたちが依って立つ〈土〉はそこにはない。もし足下の暗がりから離れることが立派で上等な人間らしい生き方だというなら、わたしは人間をやめる。望むところだ。

　希望の闇は上にではなく下にある。だからわたしは、ル＝グウィンの言に付け加えてこう言いたい――「青天白日ではなく陰湿であろう！」と。

　陰湿さ、ずる賢さ、腹黒さ。これらは不道徳の項目であり、ふつう眉をひそめられる性質だろう。だが、顰蹙（ひんしゅく）を買えたなら結構だ。これらは、不道徳であるがゆえに人‐間から堕落するうえで有用であるばかりでなく、〈土〉に生きるうえでも培っておくべき性質なのだから。しかし、そもそも生物であれば誰でも湿っているはずではないか。

生きるとは、他者の死を意味する。生きていく以上は善き生などありえないのだし、生き抜くためには、そして何かを育むためには、陰湿に蠢いて権謀術数（けんぼうじゅっすう）をめぐらさねばならない。誰かを出し抜くなんてことは日常茶飯事だ（そうしてまた出し抜かれることも）。吉野弘の詩が明るみに出したように、日々を過ごすことは過ちそのものである。[❖76] わたしたちはきょうも生きており、過ちつづけている。けれども、さまざまな存在たちの過ちの蓄積が土を肥やしてきたのだ。さまざまな者たちの亡骸と、それらを餌とし棲処とする土壌生物たちの乱痴気騒ぎがあってはじめて、土壌は作られる。清楚なササユリや可憐なリンドウ、強健なシシウドや厄介なクズを育み、人間をも育むこのいかがわしい宴会場に日光は禁物である。だからわたしは地面に死骸を積み上げるのだ。偉大な日陰者たちは称えられるべきだが、白日の下に晒してはならない。

湿り気は、腐植や人間やユーモアと密接な関係にあるのである（humidity, humus,

❖75 アーシュラ・K・ル＝グウィン「左ききの卒業式祝辞」『世界の果てでダンス』篠目清美訳（白水社、一九九七）一九八頁

❖76 吉野弘「過」『吉野弘詩集』（ハルキ文庫、一九九九）

human, humor)。日の目につかない暗くて湿った環境でこそ多くの生物を育む堆肥が作られるのと同様に、人目につかない陰湿な心こそが異種たちと共に生きるうえでも、このふざけた人生を笑える冗談にするうえでも重要だとわたしは信じる。潤いがなくて、いったい何を育めるというのだろう。

また、陰湿な生は低きに流れ、栄光を目指しはしない。このような生き方は褒められるものではない。けれども、地べたを這いずりまわる者は他者を見下しはしないし、生きるために他者を蹴落とすことはあっても、自分が彼らより上の存在などとは思わない。蹴落とす以上、いつか自分が蹴落とされることは百も承知だ。その点では、陰湿な者は謙虚(humble)でもある。

とはいえ、生きること自体が過ちであるならば、生きなければいいという声もあるだろう。たしかに、生きていくうえで他者に害を与え、他者から害を被ることは避けられない。そのことを気に病んで、生まれたことを呪ったり、生きることをやめたりするのは十分ありうる話だ。さらには、子どもを産まないという選択もありうる。わたしも里山に住む以前、都市部に暮らしていた頃には、自分の生を持て余していた。里山に移り住んでからも、しばらくは自分の加害性に苛まれもした。こんなことなら人間などいなくなったほうがいいのではないかと思ったものだ。

しかし、逆巻しとねはこう述べる（文中の「あやとり」とはハラウェイが用いる多種協働の形象）。

問題なのは、あなたが子どもを産むか産まないかという選択ではなく、出生主義者か反出生主義かという立場の違いでもなく、あなたがあやとりの遊戯のなかに参加しないという事態である。生存も生誕も害からは逃れられない。生きることは苦しい。だからあなたは、この生のために思考し、制作し、出逢い、育て、育てる営みを育てる実践に参加する。[77]

[77] 逆巻しとね「未来による搾取に抗し、今ここを育むあやとりを学ぶ　ダナ・ハラウェイと再生産概念の更新」（『現代思想』二〇一九年一一月号）二一八頁

事実わたしは、里山で多くの生き物たちとの生活をつづけていくうちに、自分が与え、被る害が、苦しみだけに帰結するわけではなく、悦びと悦びの土壌を育みもするのだと知った（苦しみの中に悦びを忍ばせている害だってある）。そしてこの悦びは、生きていなければ――それも、多種と共に生きていなければ、到底味わえないものなのだと。生まれてしまった過去は消せないし、未来はあてにならない。ならば、今ここに存在する者たちと共に悦びを育みたい。

美術作家の森本めぐみも、逆巻のこの文章について、「ちょうど、被害者意識でも加害者意識でもない（どちらでもある）有害者意識みたいな言葉が、ずっと浮かんでいたところだったので、とてもしっくり来た」とツイートした。つづけて、「縫い付ける針が布と布を糸で縫い合わせるとき、わずかずつ布を傷つけること、何かと何かをつなぎ合わせて強くするためにわずかずつ害をなし合うことを思い出した」とも。彼女のこの言葉は、出産直前に『現代思想』の反出生主義特集を読むという底知れない鷹揚さの印象とともに、折に触れて思い出される一つの傷としてわたしのなかに刻まれている。

じっと手を見る。里山生活をしているとつねにどこかしらに傷があり、多くは擦り傷程度の軽いものだが、痕を残すような怪我もある。わたしもまた、草を刈ったり、作物を食害したり、田畠の形を変えたりして、異種たちや土地を傷つけている。こうして「わずかずつ害をなし合い、つなぎ合わされ強くなる」。害のない生はありえないが、害のないつながりもありえない。わたしは自分の傷痕を見るたび、それだけこの土地に縫い合わされたようでうれしくなる。

もちろん、いつだって傷は致命傷たりうる。けれども、傷が元で予期せぬ出逢いやつながりが生まれることに、わたしはわたしの生を賭けたい。うまい害の与え方と被り方、つまりは縫い方を探りつづけたいと思う。より大きな傷を縫合するためにも。

里山は、ヒトを含む多種の手による整然としていないパッチワークみたいなものなのだ。

布切れたるわたしたち生物は、各々のエピソードを携えてすこし大きな物語に縫い込まれている。そうしてまた、わたしたちは隣り合う者たちと次々にエピソードを作り上げる。里山の物語に終わりはないし、わかりやすいプロットもない。全体像を見ることなどできない。里山の何かをどれだけ語っても、それらは断片でしかない。背後に、途方もないつながりを暗示させる断片ではあるが。

　ふたたびル＝グウィンの声に耳を傾けてみよう。彼女は「小説　ずた袋理論」の中で、小説は「ずた袋／胃袋／箱／家／薬袋」といった多くのものを包含するものであり、それが目的とするのは「解決でも平衡状態でもなく継続していくプロセス」なのだと述べている。その中に英雄らしい英雄はいらない。英雄は他の人々の物語をかっさらって自分の物語にしてしまい、英雄の物語の終焉に人々が巻き込まれてしまうからだ、と。[78] 多種によって作られ、多種でいっぱいの里山という胃袋にも、他を圧倒してしまう英雄は不要だし、存在しようがない。

　何を隠そう、かつてわたしは、サン＝テグジュペリの英雄主義（ヒロイズム）に酔っていたことがある。飛行士たちの勇敢で華々しい物語はわたしを魅了した。彼らの視点に立って、地上のつましい生活を蔑みもした。今から思えばおかしな話だ。飛行士たちの生活とて、彼らが見下ろす大地に支えられるしかないのに。雄々しく飛び立ったかに見えた彼らも、食べて寝て排泄する一介のありふれた生物にすぎない。彼らの功績は功績として認めるにしても、彼らの陰に立つ者たちを貶めていいわけはない。英雄は地に引きずりおろして陳腐化してしまえばいいのだ。〈土〉は、相手が何者であっても等しくその栄光を剝ぎ取り、物質の循環過程に組み込んでくれる。

とはいうものの、英雄的な行為――荒々しく強引に他を顧みず突き進む行為に悦びがないとは言えないし、それが物語をおもしろくすることはル＝グウィンも認める。里山にはそうした物語もふんだんにある。わたしも「強打したり、突いたり、刺したり、殺したりする」存在であるし、〈土〉の立役者である土壌生物たち自体、嚙んだり、喰らったり、溶かしたりする存在である。しかし、わたしたちは断じて英雄ではない。里山は、不届きなわたしたちによる攻撃的な足の引っ張り合いによって肥えてゆくのだ。だから、里山に生きるとは、堆肥であるとは、あらゆる権威を失墜させつづける営みなのである。

❖78 アーシュラ・K・ル＝グウィン「小説 ずた袋理論」『世界の果てでダンス』篠目清美訳（白水社、一九九七）

そして、どんなものであれ里山の物語は、普遍的で大きな物語にはなりようがない。だが、ふたたび、わたしたちは皆小さな存在なのであって、大きな物語に参与したからといって自分が大きくなるということはないはずである。小さな物語は、小さいゆえに小さなわたしをよく育んでくれる。日本の行く末や人類の火星移住計画などよりも、ほなみちゃんの苗代がモグラに掘られないか、シュレーゲルアオガエルのオタマジャクシが首尾よく成長するか、ニク丸がカナヘビの尻尾の自切に騙されずにうまく仕留められるかといったことのほうが、余程わたしを心配させ、わくわくさせてくれる。

磯田和秀は「もっと生き物の／と話をしよう」という論稿のなかで次のように述べる。

人が人以外の生き物と接すれば接するほど、こうした断片は蓄積されていくだろう。都会にいるとこうした日常的で断片的な経験は「目に入らない」。逆に農村ではわざわざ語るほどのものとも思われない。生き物の話をするのは意外に難しい。ただ、[中略] 人以外の生き物との接触の中で自らを変容させ、相手を変容させるような相互関係において経験されるこうした断片の蓄積は、堆肥となって別の何かの生成の糧になるのではないか。言葉になるものばかりではなく、相互の身体に刻み込まれたものとして。[79]

里山のエピソードはどれも小さすぎるし、人口に膾炙（かいしゃ）するものでもない。しごく個別的で局所的なそれらの大半は、登場生物同士の言語を介さないやりとりである。そんなものを語りたがるのは、おなじく登場人物か相当な物好きくらいなものだ。ただ、登場人物にとってはこうした物語が何より切実なものであり、ほんとうに心躍る娯楽でもある。

人間には言葉も必要なのだ。言葉は食えもしなければ着れもしない。春の訪れのように素朴な感激を届けてくれるわけでもない。にもかかわらず、花の色彩をまえにして、「何をか言わんや」と思いながら何かを言わずにいられないのが人間である。けれども言葉にすることで、花が一段と美しく、愛おしく思えてくるのも事実だ。ただしそのためには、

❖79　磯田和秀「もっと生き物の／と話をしよう」『たぐい vol.2』（亜紀書房、二〇二〇）一二二―一二三頁

白日の下で凝り固まった言葉ではなく、陰湿なところで分解され栄養をたっぷり含んだ生きた言葉でなければならない。

里山の物語を話題にするとすれば登場人物であるが、それをおもしろがれるのも他の登場人物たちだろう。断片的な物語は断片的な一個の登場生物になってはじめて固有の奥ゆきを持ってくる。十全に生きるとは、やはり地上の一点に生身で関わることだとしかわたしには思えない。その悦びは、多種との物語を生きる、陰湿に傷つけ合う者にこそ開かれている。暗がりで練られ、登場人物間で語りかわされる物語は、傷となり堆肥となって、世界を育み、恢復していく。それらは目に入りにくく聞く耳を持たれにくいが、だから何だというのだ。いつだって瑞々しいのは、目の前にあり手で触れられる一個一個の果実である。果実もまた、陰湿な土壌に根がある。

冬

昼が短くなり夜が長くなる。それに寒い。特にこの辺は、関西でも冷え込みの厳しい土地だ。晴れた日はまだしも、曇りや雨、まして雪の日などは外に出たくない。それは他の生物も同じようで、夏場あんなに激しい戦闘地帯だった野辺も閑散としている。わたしも部屋で悠々と休戦期間の平和を謳歌する。

いつか、吉野せいの『洟(はな)をたらした神』を読んだ冬の日があった。晴れてはいたが、まばらに雲があり、つねに陽射しがふりそそぐ日和というわけではなかった。前日の雪が解け残っていたから、これさいわいと部屋でストーブを焚き、ソファに寝転んでだらだらと読みすすめた。

本書は、東北地方の開墾者である著者が齢(よわい)七〇を過ぎてから書いたものだ。年齢も時代も異なるにもかかわらず、土に俯す者同士、見ているものの大きく重なっていることがうれしかった。貧困のうちに、子供、犬、鶏、あひる、野菜、その他の生物たちと共に生きた著者の、よろこびとかなしみと気概が生々しく綴られてある。これは、日常的に土に触れていないと書けないものだ。

秋の頃からぬくぬくと土の中に眠りこけていた蛙めらが、がちりとうないこんでひっくり返した鍬の下から、まっぷくれにふくれた白い腹を春のひざしにさらけ出されてびっくりしてとび起きます。まちがって鍬先でその腹を真二つに切り裂くこともあります。知らずにやったこととはいえ、その残忍さに目を閉じて急いで土深く埋めてしまいます。空の色が次第に水色にとけて来ます。私は藪の間につづく唯歩くための一尺幅位の小径を、万能をかついで冬の間に墾した耕地に出て行きます。[80]

冒頭に収められている「春」には、長い冬が明けた頃の情景が瑞々しく活写されている。読んで余計に春が待ち遠しくなる。早く蛙たちに会いたくなる。

――このように、天候がすぐれなかったり、気分が乗らなかったりすれば、

❖80 吉野せい『洟をたらした神』（中公文庫、二〇一二）九頁

家で過ごせるのが冬のいいところだ。とはいえ、仕事がないわけではないし、それらは春までにすればいいというだけで、期限はある。

たとえば、田畠の土手を補修する仕事がある。土手は、一度作ってそれで恒久的に使えるというものではない。雨や土中の水の流れ、ミミズやモグラや植物の根などの働きによって徐々にゆるんでくるため、定期的に叩き固めなければならない。彼らの働きは、田畠内であればむしろ望ましいことのほうが多いが、田畠の周りの土手においては崩落の原因にもなる。特に水田の土手の手入れは重要で、これを怠って水を溜めているときに崩れては目も当てられない。そして棚田は、平地の田んぼと比べて土手の面積が格段に大きく、その分作業量も多い。斜面を掛矢の広いほうの面で叩いていくのだが、掛矢の頭は重く、振り回せば冬といえども汗が噴き出す。もっとも、こうして手入れをしていたとしても、颱風にともなう大雨などによって崩れてしまうことはある。そのときはもう積みなおすしかなく、難儀千万である。

水路掘りもある。溜まった土を鍬で上げる作業は、地味に体力と意気を削ってくる。だんだん腰も痛くなる。だがこれもほなみちゃんのためだ。こういう地道な仕事がわたしは苦手だったものだが、こちらに来てからだいぶ慣れたと思う。単調なくりかえしには、派手な一発にはないじんわりとした愉悦があることも知った。といいつつ、水路を掘る途中で後ろを振り向いてしまうと、まだこんなにあるのかと思ってしんどくもなる。それでも、やるしかない。手を動かしてさえいればいつか終わるのだ。冬の土上げにしろ夏の草刈りにしろ、里山生活とは畢竟（ひっきょう）、重力と自然の遷移に抗いつづける営みであるといえる。これが生きるということなのであって、これを避けて通ることはできない。作業を為し終え、沢水で鍬を洗うと、濡れた刃がひときわ美しく見える。それで労が報われるとはいえないながら、その煌めく鈍色（にびいろ）には汗を流した後でないと出会えない。

竹を伐るのも冬の仕事だ。他の木もそうだろうが、何かに利用するには水を上げていない冬期に伐るのがいい（竹は年内がいいという話も聞く）。含水率が低ければその分腐りにくいからである。わたしは竹を、沢から田んぼに水を引く樋（この辺では「とゆ」と言う）や、野菜を支える杭や、物干し竿として使っている。彼らは中が空洞だから伐るのも加工するのも簡単で、その点ではありがたい存在だ。だが、竹の繁殖力は凄まじく、伐っても伐ってもそれを凌駕するほど生えてくる。それに、利用するといっても一本を丸ごと使うことは稀である。枝の出ているところは使わないし、そもそも多くは要らない。とはいえ、不要な竹は燃やせばいい。竹は生でもよく燃え、火力も強いため、何かを燃やすときの焚きつけにもなる。おまけに、太いものを燃やして派手に破裂させるのもおもしろい。厄介な竹も使いようなのだろう。

焚火は、ゴミを焼却する作業であると同時に、この時期の娯楽でもある。火はいつまでも見ていられるから不思議だ。けれども、それは火が小さい場合の話で、大きくなればその分こちらの気持ちも昂る。いつぞや、友人たちと焚火を跳び越える遊びをしたこともある。火は、人間に内在する過剰さを焚くのにもうってつけなのだ。燃えた後の灰を畠に撒けば、土を中和し、作物を育ちやすくすることだってできる。

夜にはひだぎゅうの選別だ。といっても、一人でするのはなかなか気が進まず、よく友人宅で一緒に酒を飲みながらしている。大量のひだぎゅうの詰まったバケツから、掌に掬ってはきれいなものと虫食いのものとを選り分けていく。地獄である。掬っても掬っても終わりが見えない。集中力がなくなってくると、きれいなもののほうへ虫食いのものを入れてしまったり、その逆もあったりする。友人とぶつぶつ言いながらやるのだが、選別作業というのは消化試合のようなもので、すでに多くのひだぎゅうを手にしている身には余裕がある。なかなか終わらないことへの不平不満も、うれしい悲鳴というやつだ。

――と、冬は冬でいろいろとすべきことはあるものの、概してのんびりやっている。

けれども、二〇一九―二〇年の冬はそうではなかった。イノシシに破られた鉄柵の補強を急ぐ必要があったからだ。何らかの対策を講じなければ、翌年の作付けもままならない。とはいえ、鉄製のワイヤーメッシュを造作もなく破ってくる連中が相手だ。生半可な対策では焼け石に水である。

打つ手を考えている間も侵入は続く。ほなみちゃんやひだぎゅうが食べられた後で、イノシシが好みそうな作物はもうないはずだった。しかし彼らは、土を掘ってミミズも食べる。そしてミミズが多いのは、刈り草を多く積んだ肥えたところだ。すなわち田畠である。わたしは耕さない農耕をしているのに、どんどん耕されていった。ニンニクを植えている箇所などは特に肥えたところだったから、ニンニク自体は食べられないのだが、掘り返されて畠ごとぐちゃぐちゃにされてしまった。畦や、水気が多く土が柔らかい水路沿いも崩され、それらを直さねばならないことを思うと気が滅入った。

少しでも被害を減らそうと、間に合わせとして侵入口を鉄筋で補強することにした。しかし、わたしに持ち合わせはない。こういうときに活きてくるのがそれまで広げた地域人脈だ。まず知り合いの大工さんに訊いてみると、土場に置いてあった中古のものを数十本もらえた。次いで、いつも草刈りを頼んでくれるおばちゃんに泣きついてみた。彼女がコンクリート工場に務めているのは知っていたから、ひょっとすると鉄筋を回してもらえるかもしれないと思ったのだ。結果、彼女からも数十本もらえた。さらに、折よく家の基礎を割る仕事があって、賃金とともにそこで出た鉄筋も手に入った。

並行して、早くからイノシシ対策に力を入れている近所の人に助言を求めた。彼によれば、柵の強度よりも見えなくするのが大事らしい。イノシシは先の見えないところには向かっていかない習性だからである。となれば、ワイヤーメッシュの上に目隠しになるよう何かを張るしかない。選択肢は、黒マルチか防草シートかトタンかだ。黒マルチは長さあたりの値段が最も安いが、耐久性は心許ない。防草シートは少し値段が上がるが、その分耐久性もある。そして、トタンは値段、耐久性ともに最高だ。わたしの懐事情からすれば黒マルチ一択になるところだけれども、それは頼れる人がいない場合の話である。鉄筋のときと同様にトタンも人づてに集めることにした。さいわいわたしには頼もしい友人たちがいて、譲ってくれる人がいないか探してくれと要請した。すると、日を置かずに情報が届き、方々から少しずつもらうことができた。ふつうトタンは、中古であってもクズ鉄として売れるからあまり残っていないものにもかかわらず、顔の広い友人たちにかかれば見る見るうちに発掘された。トタンを張るべき距離は三〇〇メートルほどあって、トタンが一枚二メートルとすれば一五〇枚要る計算になるが、結局彼らの伝手だけですべて手に入った。トタンを入手しては張り、合間に荒らされた箇所を修繕した。トタンが集まってくるのはいいものの、なにせ距離が距離だ。しかもトタンが倒れないようにしておく杭も要るから、竹を大量に伐ってこなければならなかった。そして当然、トタンも杭も現場まで運ばなければならない。磯田さんと共に少しずつ進めていって、完了したのは三月に入ってからだった。苦労の甲斐あって、それからイノシシの侵入は止まった。

年が明ける頃、庭のナンテンの実の赤色が目に沁みる。町や山をほっつき歩いて、落葉樹にヤドリギを探すのもおもしろい。正月一五日頃には、村でどんどがあって、大寒の頃になれば選別したひだぎゅうで味噌を仕込む。撥ねたひだぎゅうをニックたちに炊いてやって、彼らが貪る様をぼーっと眺めるのもいい。

二月、暦の上では春となり、ニクメスも卵を産みはじめる。しかしまだ寒い。ひょっとするとこの時期が一年で一番寒いかもしれない。気が向けば何かしら野良仕事をするが、気が向くことはあまりなくなって、家に引きこもることが多くなる。いきおい、無い頭で考えごとをする時間も増える。

大宇陀に来て五年、里山生活もようやく板に付いてきたのではないかと思う。とはいえ、やりたいことをやりたいようにやってきただけである。そうしてわたしはもうじき三〇になるが、四〇になっても五〇になってもこのまま同じような日々を過ごしているだろう。

「街をほっつき歩いてだよ、くたびれたら、こうやって休むんだ。それで一番飲みたいものを飲む。それでいいだろ？　それ以上、つべこべ考えることはないよ❖[81]」

これは、小説『きみの鳥はうたえる』の主人公「僕」の、バーでビールを飲みながらの発言だが、わたしはこういうどうしようもない青春の描写に行き当たるたび、自分が過去を回顧しているのではなく、いまだ青春の渦中にいつづけていることを確認する。里山生活というと、どういうわけか自堕落の対極にあるようなものと思われがちだが、わたしにとっては社会生活を犠牲にしてでも飲みたい昼間のビールのようなものだ。春夏秋冬それぞれの仕事を書いてはきたものの、これらは一般的な意味でいうなら、仕事ではなく、ビールを飲む仕草といったほうがいいだろう。

坂口安吾が「青春論」のなかで、「青春再びかえらず、とはひどく綺麗な話だけれども、青春永遠に去らず、とは切ない話である」[82]と、生涯老成できそうもない自身の性を告白している。わたしはこの言に痛く共感する。けだし、青春は失われるからこそ美しいのであって、永続する青春などというものは悲惨なだけである。オトナになれず、先に悲惨しか待ちかまえていないことを承知のうえで、なおも他に生きようが見あたらないというのは救いのない話だ。

この歳にもなると、同世代のほとんどは「社会人」としてフルタイムで働いているし、結婚や出産の話もちらほら聞こえてくる。対してわたしはといえば、週に三日も働けばいいほうで、一日の大半を野良仕事やNetflixに費やす生活をおくっている。昼間からビールを飲むことも珍しくない。結婚などゆめゆめ考えられぬという体たらくで、しかも、この生活を変えようという気がさらさらない。

どうしようもない。どうしようもなく生きて、どうしようもなく死ぬのである。わたしにとって人生とはこれしかないのだが、これでいい。しかしいったい、どうしようもなくない人生、悲惨でないような人生というものがあるだろうか。就職や立身出世や結婚などで、人生のどうしようもなさ、悲惨さがほん

❖81　佐藤泰志『きみの鳥はうたえる』（河出文庫、二〇一一）七五頁
❖82　坂口安吾「青春論」『堕落論・日本文化私観 他二十二篇』（岩波文庫、二〇〇八）一四二頁

とうに解消されるというのか。否、断じて否。そうして人生を糊塗して済ませられるなら、わたしはとっくにそうしている。[❖83]

しかし、このどうしようもない人生というやつは、どうしようもない中に悦びを隠し持っている。それを掴み取るには、どうしようもなさを全身で引き受けるしかないように思う。だからわたしはこのまま、ただ地べたを這いつくばって生きるのみである。ただし、もちろん地べたというのはよくある比喩ではない。

❖83 なにも青春を脱したと自認する人間を非難したいわけではない。むしろわたしは羨ましいのだ。あなたがたはこのまま、銘々の肩書きや名声や家庭を抱きしめて生きるがいい。皮肉抜きで、わたしは声援をおくりたい。

――それにしても、わたしは語りすぎた。これを書いている今（二〇二〇年五月）、わたしはほなみちゃんのために畦塗りをしなければならないし、それが終われば田植えをしなければならない。それだけでなく、わたしはきょうもニックたちにカエルやイナゴを獲ってやらなければならないし、ひだぎゅうのまわりの草を刈ってやらなければならない。おまけに、田んぼで佇むアカハライモリや、薊の花にとまる蝶に見惚れなければならない。

次はあなたが身のまわりの生き物たちと物語を紡ぎ、語る番だ。人類堆肥化計画はわたしだけのものではない。陰湿に立ち回って、生前堆肥となり、生臭い話を聞かせてくれ。

おわりに

生きるということは、わたしにとって最も不可解で、それゆえに興味の尽きない難問である。この難問の中に放り込まれている間、どうすればほんとうに愉しく過ごせるか——そんなことを考えて生きてきた。

とはいえ、わたしは研究者でも物書きでもない。ただ一介の不真面目な農耕するホモ・サピエンスとして、里山で手探りしてきた生きる悦びを表すとともに、これまで出会ってきた人たちの声や、人ならざる者たちの言語によらない声、そして過去の自分自身を堆肥化し、日々をより悦ばしいものにする言葉を手に入れるために、本書を書いた。

もとよりわたしは何者でもなく、何者かであろうとも思わない。当然、守るべき社会的立場など持ち合わせていない。しかし、だからこそ語りうる言葉があると思う。わたしは何の実績もない無名の落伍者に違いないが、土の上では誰でも一匹の生き物なのであり、地位や肩書きはかえって邪魔なものだ。わたしがつねに求めているのは、お行儀のいい言説ではなく、「ほんとうに切実な問いと、根柢を目指す思考と、地についた方法」[*]だけである。悦びを暗中模索する不届きな者たちの一助になることを願って、この不届きな書物を世界の内に混入したい。

*

「人類堆肥化計画」とは、もともと小説家吉村萬壱さんとの対談[**]用にわたしが提案した文言だった。この名を思いついたのは、第一にわたしが堆肥に夢中になっていたこと、さらに、吉村さんの小説の暴力性からの影響、また彼の「クチュクチュバーン」[***]という小説の描写からアニメ『新世紀エヴァンゲリオン』の「人類補完計画」を連想したことが大きく関わっている。

「人類補完計画」をもじったのは、その字面の仰々しさにあやかりたいという気持ちからだけではない。似た名前にすることによって、むしろ本家に対して批判的に本家以上のものを打ち立てたいと思ったからである。

もともとわたしは「人類補完計画」に対して苦々しい思いを抱いていた。計画について作中で詳しい説明はないものの、人類を統合し一つの高次元生命体に進化させるものだと解してよいだろう。それは、ある種の救済を求める志向の産物であり、その人間中心主義的で辛気臭い動機と内実が、わたしは気に喰わなかったのだ。散々他の生物を足蹴にした挙句、一顧だにせず、自分たちだけ被害者ヅラで救われようなどとは笑わせる。

　吉村萬壱の小説群は、これでもかと人間を叩きのめし切り刻みぐちゃぐちゃにする。「クチュクチュバーン」では、すべての人間が理不尽な「進化」をきたし、一個の集合体へと吸収されていく。人類が一つになるという点では「人類補完計画」と同じだけれども、この小説で大写しにされるのは一体化の負の側面である。人類を含むありとあらゆる存在が合体し、禍々しくクチュクチュと鳴る集合体の中で、人々は溶解されつつ「分離してくれ」と叫ぶ。最終的に集合体はバーンとはじけ、人類はザトウムシを思わせる新たな形態を獲得するのだが、そんなことになっても相変わらず愛し合い、憎しみ合い、殺し合うのだった。彼の小説には生ぬるい救済など一切なく、ただただ破壊だけがある。

　吉村さん自身もエッセイの中で、自分はデビュー作から一貫して「人間を壊す話」ばかりを書いてきたと述べている。[****] わたしはそれを受けて、有機物が壊されて堆肥が作られるのと同様に、人間も壊すことで堆肥にすることができるはずだと考えたのである（ハラウェイの、そして高橋さきのさんの com-post 概念にも大いに助けられた)。人類を堆肥化して大地の栄養にしたほうが、よっぽど「補完」だとはいえないだろうか。人類に欠けているものは、異種たちと地上で共に生きる欲望なのだ。

そうして開催したトークイベントで話した内容をもとに、吉村さんは本書でも紹介した「堆肥男」を書いた。わたしもこの対談をもとにしたものを何らかの形で出したいと思っていたところ、トークイベントに足を運んでくれていた編集者の内貴麻美さんの提案によって、本書『人類堆肥化計画』がはじまったのである。彼女は静かに、それでいて野心的に、わたしをそそのかしたのだった。

対談の話を持ち掛けてくださった blackbird books 店主の吉川祥一郎さん、快く応じてくださった吉村萬壱さん、本を書くという貴重な機会を与えてくださった創元社編集者の内貴麻美さんに、まずお礼を申し上げたい。

また、そもそも吉村さんとわたしが知り合うきっかけを作ってくださった人類学者の奥野克巳さん、わたしに里山生活の伊呂波を教授してくださった故森下正雄さん、正雄さんがお亡くなりになった後、田畠にくわえて家まで貸してくださっている森下全啓さん、共に里山を制作し原稿にコメントもくださった磯田和秀さん、雑誌『つち式』制作陣の西田有輝、石躍凌摩、豊川聡士、間宮尊にも、お礼を申し上げる。

本書を書くうえで、多くの人たちの発言や作品にも助けられた。またもちろん、わたしと生活を共にする里山の多くの生き物たちにも、日々新たな閃きを与えてもらった。彼らにもお礼を申し上げる。

ちなみに、本書執筆中に生まれた一羽のニク丸は、ただ傍にいるということだけによって、わたしを励まし、十全に力をもたらしてくれた。

東千茅

* 真木悠介は『自我の起原』のあとがきで、「時代の商品としての言説の向こうに、ほんとうに切実な問いと、根柢を目指す思考と、地についた方法とだけを求める反時代の精神たちに、わたしはことばを届けたい」と書いている。『自我の起原』は、わたしが里山に移り住もうとしている時に出会って以来ずっと、多大な力をもたらしてくれる書物である。

** 吉村萬壱×東千茅「人類堆肥化計画—悦ばしい腐敗、土になりうる人間」（於 blackbird books 二〇一九年八月一七日）http://free.blackbirdbooks.jp/event/1779.html

*** 「クチュクチュバーン」『クチュクチュバーン』（文春文庫、二〇〇五）

**** 『生きていくうえで、かけがえのないこと』（亜紀書房、二〇一六）一一〇—一一一頁

***** 奥野克巳さんたちが主宰するマルチスピーシーズ人類学研究会の第一三回研究会（於 熊本大学 二〇一八年一二月八日）に、吉村さんは登壇者、わたしは聴講者として参加したのだが、たまたま席が隣り同士だったのである。また、その前日には奥野さんと石倉敏明さんとわたしで鼎談イベント（於 長崎書店）を開催させていただいたし、第二七回研究会には登壇者の一人として参加させていただいた（於 立教大学 二〇一九年四月八日）。奥野さんには、ツイッターで『つち式 二〇一七』を取り上げていただいて以来、お世話になりっぱなしである。

著者略歴

東千茅（あづま・ちがや）

農耕者、里山制作団体「つち式」代表。一九九一年三月、大阪府生まれ。二〇一五年、奈良県宇陀市大宇陀に移り住み、ほなみちゃん（稲）・ひだぎゅう（大豆）・ニック（鶏）たちと共に里山に棲息。二〇二〇年、棚田と連続する杉山を雑木山に育む二百年計画「里山二二二〇」を開始する。著書に『つち式 二〇一七』（私家版 二〇一八）、「『つち式 二〇一七』著者解題」（『たぐい vol.1』亜紀書房、共著 二〇一九）、『つち式 二〇二〇』（私家版 二〇二一）。

人類堆肥化計画（じんるいたいひかけいかく）

二〇二〇年一〇月三〇日 第一版第一刷発行
二〇二一年六月一〇日 第一版第三刷発行

著者 東千茅
発行者 矢部敬一
発行所 株式会社 創元社
〈本社〉〒五四一-〇〇四七 大阪市中央区淡路町四-三-六
電話（〇六）六二三一-九〇一〇㈹
〈東京支店〉〒一〇一-〇〇五一 東京都千代田区神田神保町一-二 田辺ビル
電話（〇三）六八一一-〇六六二㈹
〈ホームページ〉https://www.sogensha.co.jp/

装画 浅野友理子「くちあけ」（所蔵 公益財団法人 大原美術館）
装丁・組版 松本久木（松本工房）
印刷 図書印刷株式会社

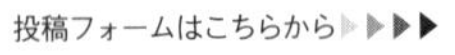

ISBN978-4-422-39004-8 C0039